我欲穿花寻路，直入白云深处，浩气展虹霓。

一盏花前酒

山亭夜宴——著

新世界出版社

溪上桃花无数，枝上有黄鹂。

只恐花深里，红露湿人衣。

一春鱼鸟无消息，千里关山劳梦魂。

待月西厢人不寐。帘影摇光，朱户犹慵闭。

好景良天，彼此空有相怜意，未有相怜计。

目录

— contents

目录

contents

卷一

我欲穿花寻路

她跟着音乐的节奏，唱起了让我感觉耳熟的歌。仔细一听，歌词并不是我以为的那首。

歌声，是从开在居民区的酒吧里传来的。

我听见那首歌又唱了一遍，歌词是黄庭坚的《水调歌头·游览》：

瑶草一何碧，春入武陵溪。溪上桃花无数，枝上有黄鹂。我欲穿花寻路，直入白云深处，浩气展虹霓。只恐花深里，红露湿人衣。

坐玉石，倚玉枕，拂金徽。谪仙何处？无人伴我白螺杯。我为灵芝仙草，不为朱唇丹脸，长啸亦何为？醉舞下山去，明月逐人归。

黄庭坚的这首词用苏东坡《水调歌头·明月几时有》的曲子来唱，最妥帖。

我好奇唱歌的人是不是黄庭坚的粉丝，古人的音乐以宫商角徵羽来记谱，这个方法只能记音高，不能记长度，导致后世的人对古代音乐非常陌生。尤其是宋词，若用今天的普通话念出来意境就差了许多，现在也仅有一些偏远地区的居民保留了一部分类似的发音。

如今，古诗词的唱法几近消失，究其原因，不仅缘于学术上的研究断层，还有语言和音韵的失去，方音的变化，古音的丧失，到最后，我们只能艰难地从残存的古人乐谱上"破译"出一些难得的旋律来。

北宋时期，盛行小唱，那时的李师师、徐婆惜、封宜奴、孙三四等都是当红的歌伎。

小唱在《都城纪胜》里被这样记载：执板唱慢曲、曲破，大率重起轻杀，故曰浅斟低唱，与四十大曲舞旋为一体，今瓦市中绝无。

我听到的苏东坡的《水调歌头》当然不是流传千年的古曲，而是现代作曲家梁弘志所谱的曲。

与李师师同时代的歌伎们如何清唱宋词，已不可知，而今，唯有在这阕词里遥想古人的意境，只是以为隔着纱，实则隔着的是千山万水，不知从何而起。

我想起当时听王菲的《但愿人长久》，每听一遍，便写一段文字，正如黄庭坚词里的这句“我欲穿花寻路，直入白云深处”，仿佛抵达世外桃源，向着白云缭绕的山顶而去，过去的千年历史如幻雾般挨近又去离。

流年辗转，人世匆匆。若得今生今世，从此，在这北方风雪之地，纵然尘满面，鬓如霜，初衷亦不变。

眼看缘起缘落，故人散去。而今，杖朝之年，两人偶尔也会说起从前的事，戎马一生的他，也早已厌倦了世事。她怕有一天会忘记了他们的过去，所以他招来几个亲近的族人，静静地听她述说往昔。

洪州，分宁，童年。

小楚，楚家的男孩子。家住在分宁西边坡上，村里的人不论大人孩子都知道楚家这个俊俏的儿子。

师师从小认识他，视他为大哥哥。可是，小楚喜欢的是师师的表姐——倩娘，师师一直都知道。看着小楚在溪水河边拣了很多彩石，那都是送给倩娘的，师师偷偷哭了一整夜，暗暗发誓：再不会为别人这么伤心了！

春雨之后的天，更蓝更澄澈了，暖风荡漾着，孩子们一天天地长大。师师注意到倩娘一直没有把彩石戴在颈上，好奇但又不敢问。小楚常来找她们玩，到河里抓鱼虾。倩娘悄声告诉师师："日子过得好漫长，好像永远不能长大。"师师看着正在大笑的小楚，默默点着头。

有一天，从城里来了浩浩荡荡的一队人马，选美的官吏到了分宁，那矮胖的官吏一眼就看中了正从山坡上缓步而下的倩娘，便指着她告诉身旁的师爷："山川秀美之地，果然连美貌女子也是出尘飘逸的。"

倩娘被带走的那天，小楚哭着跟着雕花木船跑，十五岁的男孩泪流满面，师师怔怔地看着他，心想：若是楚大哥能为了我这样，我便是跟了他们去也是欢喜的。小楚突然收住泪，下定决心，告诉她："师师，我不会让别人带走你的。"她想他是为了倩娘才这么说的，但心里却受用得欢天喜地。

山水之中的木船缓缓消逝，一片薄雾弥漫了上来。

师师看到了小楚手上的一串彩石。

他说："每年你生日的时候，我都会去河边拣几块最漂亮的玉石，在你绾发插簪前为你串成链。"妾发初覆额，两小无嫌猜。他将彩石戴上她的颈子，她低垂了脸，羞颜未尝开。

明月玉佩，一痕淡黄的月牙，晶莹璀璨地亮闪着。

师师做了一个梦，梦见一位白衣女子，幽怨地告诉她："你以为你能一直这样幸福下去吗？你欠我的，今生你要还！你越喜欢的，我越要夺来！"

醒来，摸过脸颊，一手冷汗。

隔年，听说嫁人的倩娘疯了，然后死了。

倩娘的爹娘，默默地淌着泪。师师的母亲紧紧地将师师揉在怀中，下巴抖得厉害，惊颤得师师也跟着害怕。

溪水岸边，有清幽的女声在清唱："瑶草一何碧，春入武陵溪。溪上桃花无数，枝上有黄鹂……"

小楚也在，他看到了师师，冲她不停地挥手，傻傻地笑着。师师小小地幸福着，心想：这以后，给我个皇后当我也不要。

突然，一个幽幽的怨恨声飘来："哼，还由得了你来选吗？"她顿时清醒，四顾却是无人，脊梁上陡然升起一股阴寒。小楚一把扶住她，问："怎么了，都快跌下河了！"她望着小楚想笑，却预感到不祥的征兆。

少年的日子悠远冗长，仲夏夜的灯下，小楚教她手执拍板唱《水调歌头》，他说苏东坡与黄庭坚亦师亦友，两人同被卷进政党争斗里，即使被贬后，环境再恶劣也没有改变他们的豁达，照样与友人郊游、赏月、饮酒，过得很开心。

师师笑说："听起来哀伤的曲子，意境却是这样的美。"

小楚觑着她："娘告诉我，太美的事物会让人心生胆怯，被认为是不祥的。"

师师心想着：若能辨其质，方才是喜欢的吧。

纷乱的时局里，人命如漂流的浮萍。

师师熟练地执拍板，一曲清唱，便是相送之时。

乱世里，哪里会有女子的容身之处？靠着男人的肩膀，最终，亦逃不过明日黄花的下场。若生得丑，连瘸腿的男人都会嫌弃。但若生得美，一般的美，容易讨了庸脂俗粉的嫌疑；超凡美，却是口诛笔伐的祸水。

花瓣飞舞满庭中，烟浪绕着夜露，师师将手中的一把落花揉搓得粉碎，想一切随风湮灭。

从今以后，她王师师便是京城的歌伎了，她的命运与在深宅中发疯而死的倩娘绝不同。世道对平民百姓是严酷的，才情出众的士大夫如黄庭坚也难逃一再被贬黜的命运，何况她一个小女子。

王师师十六岁离开分宁，远离父母，告别儿时伙伴，还有青梅竹马的楚大哥。分宁的彩石串成的项链，从此挂在颈间，成了与家乡、与楚大哥唯一的纪念。

当日张妈妈来王家，对师师的父母说让师师去京城卖唱补贴家用，至此已五个春秋，师师在京城酒楼、府邸看尽人世繁华。村里的女孩们哭着闹着不肯去，她们宁可匆匆信了媒人的话，嫁了人，以后再无音讯。听说，有的难产死了，有的被婆家虐待发疯的，好一点儿的是生了一个又一个，疲惫不堪。

王师师在这五年里受尽了白眼，尝尽了人情淡薄。然而她想，与其在村里贫苦终老，还不如孤身在京城卖唱养家，再过几年还能把家人接来。

离开分宁时，一个乡绅见到王师师时，讶然、失神、落寞……要媒人去王家说媒，劝她思量。师师躲开了，她不愿做这个脑满肠肥的乡绅的小妾，命中注定她绝不该如此苟且。生得再美的女人，便是坐上皇后的宝座，也不见得日子就此安稳，何况在小门小户人家，多的是勾心斗角，新进门的小妾，不过是多了个摆设罢了。

师师的心是坚定的，倩娘的脸在溪水里浮现，频频地回首在唱：“楚家的大哥哥呀，此生怕是就此别过了，我亦是再不能忆起你了……”

溪水桥上，一个灰衣少年从怀中取出拍板，幽幽地演奏了起来。师师听闻，却不动声色，因为倩娘的心早已飞出了窗框。

洪州衰柳增添了凄凉，溪水桥下的流水助长了惆怅。

一晃又五年。

师师掀起帘子的一角，京城街巷里的那个男子，竟是楚家大哥，他已是英气逼人，只是那眼神，还似那年海棠花开后的深邃灼热。

酒肆的歌伎悠然地把琵琶抱在怀中，轻轻地跟着曲子合，抚琴奏弦《水调歌头》一曲。一时间，乌云从西北方向涌起，霎时天地阴霾；再奏，雁儿低飞，哀声鸣叫，坠落田涧。随行婢女、轿夫见状一片尖叫，师师险些翻出车外，幸好情急之下抓住了车架。

小楚疾步靠近马车，告诉她："天涯海角，这一次我决不会放手！"师师垂着眼帘未动，倩娘捏了师师一下，让师师把手伸向他，并将一包香囊递给他："楚大哥……"

赶来的婢女发现小楚后，要把他赶走。小楚握紧香囊被赶离了车旁。

车尘滚滚而去，空留下鸟鸣乐悲。

倩娘没有死，也没有疯。

倩娘逃走了，跟上师师去京城的马车，离开了分宁。

那一日，倩娘清丽脱俗的娇躯倒映在溪水上，泛起了一波波的涟漪。对岸的小楚，寻着她的声音而来，问："倩娘？"

倩娘把头转向英气逼人的小楚，笑着问："什么事？"

小楚微微含着笑，倩娘羞涩地垂着眼睑，那双热灼的眼睛似要烫伤她。

妖娆垂柳后，粉黛暗愁的眉目，顷刻间一片波光粼粼。自溪涧右转的小楚，顿觉一股柔香随风飘来，急忙抬眼看去：她真美，一双美目凝动间连水中的鱼儿也沉了下去。倩娘将刚采下的一朵山茶花轻巧地遗落在石涧，绕过杏花园离去，小楚看得回不过神来。

湖面如镜，纠绕不明的情愫氤氲蔓延。

小楚将那香囊解开，山茶花的清香充盈鼻间。他想起了倩娘，想起她幽怨的眉目。忽而一道白影出现，如鬼魅怨恨地望着他。小楚惊问："你是谁？"

女子说："你我是命中注定的恋人，师师骗了你。"

小楚越听越惊，立即追着离去身影奔去："你说什么，你究竟是谁？"

那女子深深地藏在一簇草丛后面，冷冷地笑着说："你已经认不出我了吗？"她眼眸一转，流下泪来。

原来，倩娘出嫁后得知媒人收了钱，把她卖给了人，为了逃跑，她只能终日装疯卖傻。过了几年，熬死了公婆，她也被拖垮了。丈夫卖了祖业，终日喝酒、赌博，对她不闻不问。某日，她偷听到师师要去京城，便开始计划逃跑。师师出发的那天，倩娘发了一整天疯，夜里趁着族人都睡了，才逃了出来，连夜追赶上师师的车队。

倩娘经过细心的调养，渐渐恢复了健康，在师师身边安排打点。因为外表相似，外人都以为她俩是母女，两人谁也没有说破。表面上倩娘不在意被人当作师师的母亲，但心里却从未有一天平静过。她对着铜镜端详自己的面容，健康能恢复，容颜却不能。为了保护自己，倩娘曾将一锅热水浇在脸上和身上，她宁可死，也不认命。只是，白天，她戴着一张面纱，谁也不曾发觉她脸上藏着的苦痛。

“你为何会答应这门婚事？”小楚痛苦地问。

倩娘将面纱戴上，幽幽地说：“我不答应媒人，你会娶我吗？”

小楚望着她，缓缓地点了点头，仿佛又回到了分宁，她还是那个在溪水岸边嬉戏的小女子，他还是那个为她着迷的傻小子。

朝朝暮暮，几时收场才好？

拍板搁在案几上，春花秋月，河上桃花无数。师师知道歌伎这行干不长久，双亲来京城拿了银钱，对她说：“我们不来住了，你好自为之。”

贺妈前日来说，一位姓萧的公子很想见见她。

辽国贵族萧王爷，集英武与仁慈于一身，乍见师师的容貌后，魂牵梦绕。他的儿子萧正更是痴情，不由得开始为她担忧：北方严寒，这娇弱的宋人女子可受得住？这样想着，萧正还解下自己身上的狐裘，双手奉给她。

师师不由得脸上一红，萧王爷对儿子点头微笑。

倩娘听了贺妈的汇报，便将一对玉镯包裹在丝帕里送了贺妈。

夜半三更，北风卷起漫天白雪，远方一片孤城。

师师望着孤月，喃喃道：“我这是成全了他们吗？”

车队缓缓前行，雪花落满她的斗篷，她轻声哼唱起《水调歌头》：

“我欲穿花寻路，直入白云深处，浩气展虹霓。只恐花深里，红露湿人衣……”

小楚震住了：“师师，你在哪儿？”他听到风雪之中传来的她的歌声。

倩娘望着他：“她这嗓子再这么唱下去，便要毁了。”

他问：“她在哪儿？”

一身素净白衣的倩娘，面纱后的眸子阴郁深幽，说：“年年花落无人知晓，泪湿罗巾，夜夜斜倚薰笼坐到天明。楚大哥，你早已在我心里住下，我当时是赌气答应了媒人，师师没告诉你吗？”

小楚望着她，摇头，说:“我要把师师找回来……倩娘，太晚了。”

倩娘大声哭泣：“为什么？你是喜欢我的，那彩石、曲子都是你应允我的！”

小楚默默无语。

山盟虽在，锦书难托。

一别经年，人情随物迁，而今思量，唯有一轮冰月牙。

马车上，师师喜极泪下。

倩娘带着师师所有的财物走了，怨恨地向着月光奔去，空留雪地上一排凌乱的脚印。小楚转过身，望见一双脉脉温情的眸子，师师俏生生地立在枯枝下，纵然穿着一身严实的长袄和狐裘，也掩不住一双藏在帽子下的清澈美目。

“我以为你去了辽国。”小楚拉着她的手，她才知道这不是做梦，更非幻觉。

凌晨，云漫天涯白，落空随风。她说：“来分宁的官吏那天看到的人是我，倩娘家里知道后，来我家商量说，她爹已无力耕种操劳，若倩娘嫁个殷实人家能救他们全家免于饥饿，我母亲便同意了。她母亲托人找了师爷帮忙遮掩，我和倩娘长得相似，确也看不出破绽。后来，倩娘家里答谢的财物给少了，师爷便狠心让人调包把倩娘给卖了。她逃出来以后跟我说过，她是为了赌气才答应嫁的，是气你不带她走。”

小楚的眼神暗了下来：“那时，我是想带你俩一起离开分宁的，还在京城找了份差事，但来不及告诉倩娘，便听到她家答应了媒人。”

“你为何一走了之？”

小楚看着她，沉吟了良久，说：“我去找过她的，找了很多地方，但是都没找到。我回来的时候，你也已经走了。”

师师的眼泪簌簌落下，问：“你找过我吗？”

“你看，这不是吗？”小楚想笑一下，逗她开心，却见她更是伤心。

日落，孤城，琵琶换上新声，汴京正是落花时节。

漫漫边疆，烽火狼烟一扫而光，昔日的硝烟化作日月光芒。

一骑白马卷起尘埃滚滚，萧正转眼就走到了倩娘的面前，百感交集地看着她。

她笑问：“怎么了？”

他把刚从山崖上采摘到的一簇红花送给她：“在你离京后不久，黄庭坚去世了，他也是洪州分宁人。“

倩娘心里一揪，垂着头不语。

他说：“别难过，父亲今日去林中打猎，没准能带回什么有趣的玩意。”

这时，下人慌忙来报，萧王爷在山林中被花豹抓伤，伤势严重！萧正大惊，跟着下人奔去，临走前别有用意地向倩娘望了望。

阴森的北风不停息地怒吼，屋子里的倩娘焦躁地看着萧正。她偷听到奴仆在议论，新来的宋人女子与萧正眉目传情。萧正和倩娘年龄相仿，萧正初见她时已对她朝思暮想。

一个清晨，萧王爷让人将他放在木轮车里，在雪原上静等天父的召唤，全族人轻声地抽泣着。

萧王爷去世，一切低调从简。

大礼后，萧王爷的长子继承父业，萧正是小儿子，分到的财产有限。流言蜚语传出小王爷看上了倩娘，要将她纳妾。

萧正焦急地赶来问倩娘："愿意成为我的妻吗？我们一起离开这里。"

经年的孤寂，凄清的长夜，直至等到他，怨恨才自她眉宇间消失得无踪。

"我知道是你，倩娘。"萧正握着她颤抖的双手，"我一直都知道，我真心地希望是你，又怕真的是你。"

萧正不是长子，自幼不受束缚，在汴京时喜与友人踏青郊游，偶然的机遇，得以拜在黄庭坚门下。萧正会一口流利的官话，谁也没有怀疑他的身份来历。那日，他与同窗友人去歌馆喝酒，一眼便看见扮作师师母亲的倩娘。她眼神中的怨恨，引起他的好奇，跟贺妈打听，才知晓其间的破绽。

"所以，你即使看出破绽还替我隐瞒？"她问。

"分宁或汴京，已无你可去之处，我不愿你走投无路。"萧正深深地叹了口气，"师师将所有事都告诉了我，她相信我。我要尽力地帮你，不管你愿意留下，还是离开。"

倩娘流着泪点了点头，萧正轻轻地拥住她说："我好像已经等了很久很久，有千百年那么久。”

无言的她，心道：我也是。

当初她等小楚的便是这样一句话，却迟迟未等到。

几许寒星，月满西山。

“我们离开这里，去任何地方。”萧正笑着说。

倩娘欣喜若狂地向着旷野跑去，说：“去任何地方，从今而后，天涯海角，我们相依相伴……”

“六弟，父亲去世才不久，你们这是要去哪儿啊？”小王爷阴冷冷地从树林后走出，身后一排弓箭手。

倩娘惊呼出声，萧正镇定地看着长兄，长剑握在手上。

“你怎么能跟父亲一样，为了一个宋人女子，想背叛辽国？”小王爷声色俱厉地说道，一排弓箭手立马对准萧正。

萧正看向倩娘，发现她也正看着自己，两人达成了默契。

箭矢齐发的一刹那，倩娘扑向萧正，他转身推开她，死死地挡在她身前，护住她。等到小王爷看清情形，为时已晚。

奄奄一息的萧正握着她的手，低声呼唤着她的名字，她的手渐渐冰凉，眼角的泪挂在脸颊。

小王爷冷冷地瞅着这一幕，夜风一袭一袭吹过，只是吹不走这悲凄一幕。

师师出神地望着远方的天际，幽幽地说：“上天真的会照顾好他们吗？”

“会的，他们只是累了，天父接了他们回去，有一天我们也会去找他们的。”小楚轻声说道。

她记得小楚曾说，有今生，没来世。

她垂着头，哀伤地说：“不要再自责了，你一个人闯入辽人的地方只为埋葬他们，他们会知道的。”

“是，是……”小楚失神地应着。

辽保大五年，北宋宣和七年，辽国为金国所灭，同年十二月宋钦宗继位，改年号为靖康。

而在我脑中不断回响的《水调歌头·游览》已停，旋律和歌声都消逝，在夜晚的静谧里悠悠扬扬如雪花般飞散、消融。

朝云漠漠散轻丝

周邦彦的诗词影响力比起柳永的脍炙人口稍逊了些，但在北宋词人中的才气却不亚于柳永。

近代学者王国维对他的《汴都赋》的一席称赞，让他的名望陡增，被提升到王安石新党代表人物的位置。

一般来说，词人的作品会被认为有寻求仕途寄托之意，若是仕途不济，便更是呼应了这一说法。一首平常的香艳小词，也是可解读为仕途的落魄。

周邦彦前期的词作确有一种真性情，他在汴京的十几年里，与文人士大夫们的交游不少，更闹出了宋徽宗赵佶找李师师听曲、幽会，他躲在床底下偷听的风流闹剧。

我突发奇想地跑去咖啡馆喝热巧克力，一进店门，看到一盘刚烤好的曲奇饼干便走不动了，赶紧找了张桌子坐下。很快，店里的客人便多了起来，计无愁是住在我家附近的女孩，我与她时常在路上碰到。她一看我这张桌子还有空位，便过来打招呼，顺便带着朋友坐下来。我见她并不在意那个男孩，心想应该不是男朋友。

男孩一坐下，发现手机没电了，我就说我有一个同款的充电器。充电时便听到他俩在聊北宋词人。

“到底是不是真的？”计无愁问那男孩。

男孩收拾好书桌上的一堆参考书，准备回家，一转身，把手机充电器放在我的桌上说了声：“谢谢。”

她问的是周邦彦躲床底偷听的艳事，是不是真的。

“不是真的！”我搭话说道。

计无愁自从迷上古曲后，不单单在社交平台上给自己改了个很江湖气的名字，还收集了一堆古曲专辑，只要情绪来了，便在家里放古筝、琵琶曲来听。她母亲要她课余时间去找份兼职赚些零花钱，过了两天她找了份奶茶店的兼职，可每次领到钱都用来买古曲专辑，光这些还不够，还到处搜刮绝版的古曲专辑收藏。

男孩井井有条地放完书籍和闪存盘，背上背包，说："今天我还有事，先走一步，改天再来找你。"

计无愁眉毛都没抬一下，挥了下手当作回应。

咖啡店外的雨差不多停了，店里坐了一堆人在"吹牛皮"：一个说自己的公司最近正在上市，烦得不得了；另一个说上次坐的私人飞机太颠簸，不打算买了……

几个在玩自拍的女孩，挤眉弄眼地笑；一对像情侣的男女靠在沙发上几乎没说过话。

"要是现在突然大爆炸，咖啡店是唯一的希望，你觉得店里的这些人会怎么样？是参与拯救地球，还是协助毁灭地球呢？"计无愁笑得合不拢嘴地说着。

"你是不是超级英雄的电影看多了？"我好笑地问。

"哦不，我喜欢八卦，尤其是古人的八卦。"计无愁用手抓了抓乱糟糟的短发，一只手涂了粉紫色的指甲油，另一只手则涂了黑色的指甲油，像个还没决定好要以哪种形象示人的叛逆期少女。

"你想知道怎样的古人八卦？"

"我昨晚听着笛声才睡，觉得自己不应该生活在这里，而应生活在一个周围都是山林和竹子的地方，有笛声，也有古琴弹奏声…"

“然后呢？”

“醒来时想起周邦彦的《少年游·朝云漠漠散轻丝》来。”计无愁做了个深呼吸，道，“朝云漠漠散轻丝。楼阁淡春姿。柳泣花啼，九街泥重，门外燕飞迟。而今丽日明金屋，春色在桃枝。不似当时，小桥冲雨，幽恨两人知。”

“意境很美。”

“嗯，词中的情景也美得没话说。”说着，她忽然叹了口气，“我家有个远房亲戚，我小时候跟爸妈去喝过喜酒，他家里张灯结彩，布置得特别花哨，贴在墙上的巨幅画铺满了仙鹤荷花的图案，配色真的是喜气又强烈，我至今还觉得眼睛刺痛。不过，那幅画上就写了《少年游·朝云漠漠散轻丝》这首词，很多来喝喜酒的人都以为是那亲戚写的。因为他平时是很木讷的一个人，家里却藏着几柜子的书，就觉得他很有学问，能写得出来。”

我忍着笑，计无愁表情淡然地说着，没有理会我。

她做了个嫌弃的表情，继续说着：“那亲戚，我喊他表叔，年纪比我爸大多了，表婶我没什么印象。我那时还小，只顾着跟小伙伴们跑果园摘橘子吃，橘子很甜，吃了好多，被我妈追着打……”

“为什么打你？”

“我们几个小孩把橘子都摘光了，把不好吃的扔了一地，你说能不被打吗？”她眨了眨眼睛，恨不得挤些泪水出来。

我现在有点明白，为什么计无愁和她母亲有回出门，她母亲一路念叨："你不要给我丢人啊，不要没规矩一副没家教的样子，说话要过过脑子……"

"周邦彦真的没在李师师的床下偷听吗？他不是因为这件事还被赵佶贬黜了吗？"计无愁忽然凝视着我，期待听到一个让她振奋的消息，"他还写了一首《兰陵王·柳》，表达了他离开汴京的抑郁。"

"宋人张端义在《贵耳集》里说了周邦彦和李师师密切交往，因此得罪了赵佶被赶出了京城。后人考证这件事不是真的，之所以有这段误会，是因为这个传言在宋代已经有了。另外，李师师是否确有其人也很值得怀疑，'师师'在北宋时期是个很普遍的歌伎名，能考证到的一个师师，比赵佶大几十岁，显然是不可能的。"

计无愁失望地瞪着我，有好一会儿没说话。她没什么耐心，思维跳跃，总是在寻求有趣事物。我心想自己好啰唆，便拿起曲奇吃了起来。

"对了，"她忽然一拍大腿，说，"我刚才想跟你说的不是这件事，是我那个被误会会写词的表叔，他跟他岳父母十多年没有联系，最近听说跟自己儿子在打官司。我妈上次拉着我去喝喜酒，结婚的新郎就是这个表叔的儿子，我也第一次见，生得油头粉面，年纪竟然比我大很多。奇怪，我小时候去喝表叔喜酒时没见有他啊！"

我听得匪夷所思，一时不知该怎么接话好，第一种猜想是计无愁的表叔在结婚前已经有了孩子，第二种可能是她表叔之前结过婚，所以比她父亲年纪大很多也很合理。

“我最近才知道表婶她……”计无愁的脸上浮现迟疑不定的神情，像憋在心里特别不舒服，又不知是否要痛快地说出来。忽然，她又一拍大腿，说：“现在的这个表婶，是表叔第一任妻子的外甥女……”

我差点儿呛了一口热巧克力，赶紧拿纸巾捂住嘴。计无愁有种冷幽默的天赋，当别人都觉得哭笑不得的时候，她却一本正经地板着脸，淡淡地看着别人像看傻子一样。当她因为某件事笑得东倒西歪时，别人只能摸不着头脑地干瞪眼，好像她中了邪似的。

计无愁的母亲不止一次跟人抱怨，也不知道是不是她小时候从沙发上摔下来，把脑子摔坏了还是怎地，怎么总跟别人不一样。

“这就难怪你表叔跟岳父母家十几年不联系了！”

计无愁摸着下巴想了一会儿心事，神秘兮兮地看着我：“前表婶是意外去世的。”

我深深地吸了一口气，等着她说出个天大的秘密。

谁知，她突然又改了语气：“意外发生得太突然，两人的儿子才刚念中学。表叔一看表婶没了，真是悲痛欲绝担心以后的日子怎么过，亲戚觉得他很可怜。可是，葬礼结束不到两个月，就说要跟外甥女结婚了。”

“真是……一点儿也不浪费时间。”

计无愁耸了耸肩膀：“我妈跟我爸说时，特别激动，说男人都是狼心狗肺的东西。以前还不知道这件事，他们家亲戚都觉得丢人，表面上都不说穿，支支吾吾就过了这么多年。”

“你们不是去喝过喜酒吗？总归会听到风声的。”

计无愁摇了摇头，说：“我那时很小，除了橘子还挺好吃记得外，其他什么都不记得了。我爸妈跟那边也不熟悉，跟着亲戚一起去的，糊里糊涂喝了个喜酒，反正送个份子钱，图个热闹。”

真让人哭笑不得。

现实的很多事就是这样，刚发生时太过离奇，愤怒、尖叫，要抽丝剥茧理清其中因由大多为时已晚。

“前表婶怎么发生的意外？”

计无愁两边的嘴角向下一弯，呈镰刀状，摇着头说：“我妈那个火药桶脾气，跟我爸一边说一边吵了起来，我都没听清楚，就被她从家里给轰了出来。另外，我还知道一个事情，表叔家里挂的那个巨幅刺眼大作，图是他自己专门去挑的，《少年游·朝云漠漠散轻丝》这首词是让前表婶的哥哥写上去的，也就是他现在的岳父。”

“怎么感觉是……冥冥之中？”

“我晚上回去再问问我爸，我妈一会儿要去外婆家，我就不信打听不出来。”说完，她就站起了身。外面的雨这时还没有停。

“当心啊，万一路上碰上大爆炸什么的记得躲回这里。”

计无愁哈哈一笑，背上包快步走出了店门，飞快地在雨中奔跑。

看着她雨中奔跑的样子，想起来她念中学时参加过学校田径队的事情。那时，她练短跑，代表区队参加比赛还得过名次。后来，她母亲坚决不同意她留在田径队，教练认为她是个可以培养的人才执意要留，结果，她母亲吵到学校去了，说宁可转学也不继续比赛。

我不知道当时计无愁是否甘心接受安排，那会儿她也没什么决定权，家里的一切都由她母亲做主。听街坊邻居说起她母亲，只知道是个不打麻将、不太注重打扮的朴素女人，非常顾家，至于脾气好不好并不知道，只有那些在棋牌室抽烟的人议论过无愁的母亲“很凶”。

长大以后才渐渐懂得，很多父母和孩子的关系虽然剑拔弩张，会为任何一件小事吵得翻天覆地，但是，一旦有事发生，彼此仍然是对方最坚固的依靠。计无愁烦她母亲对她的控制，但要真有什么事她还是会最先告诉母亲，就算是明明很喜欢的，如果她母亲坚决反对，她思前想后还是会顺着母亲的意思。

这些计无愁自己不会说，说什么都不会承认。可她每次领了薪水，买完她喜欢的专辑还剩钱的话就都交给她母亲。有一回，她自作主张地替她母亲买了件时髦衣服，当天周围邻居就都听到母女俩大声吵闹的声音。她母亲把衣服批得一无是处，她的自尊心受到伤害，针锋相对，直到她父亲下班回家才算结束。

计无愁对于李师师是否确有其人后来又问过我一次，我说：“‘师师’这个名字太普遍了，晏几道、柳永、秦观、张先的词里都出现过，没有姓氏的记载，难以考证‘师师’的身份，各家词人所指的也各不相同。”

计无愁唉声叹气的模样，跟她给自己取的“计无愁”的名字很不搭。她很容易为些小事陷入哀愁，另外，为了表示她的烦恼，她会把头发越剪越短，还烫出波浪卷，发梢染成粉红、猩红、蓝色……细瘦的手臂上戴木质、有机玻璃等材质的装饰手镯，造型夸张。

计无愁有一只特别夸张的木质手镯，上面刻了周邦彦的这首《少年游·朝云漠漠散轻丝》，字体很漂亮，不像是随便刻着玩的。她每天都会在朋友圈发很多动态，在奶茶店打工的瞬间，路上看到的一段小风景，以及她的那些不计其数的古怪小玩意……她的皮质手环大多是她自己编的，非常有耐心地串上小吊坠，她说是老银。她，是对看起来陈旧的东西情有独钟。

计无愁的事不用费心去看她的空间或朋友圈，她母亲在窗口吼一嗓子，周围邻居想不知道也难。每次，她母亲发脾气，她拿起包跑得火急火燎，背后还跟着一句："你最好永远别回来！"

计无愁的父亲有些"妻管严"，一看家里情形不对时就会溜去邻居家看球、"吹牛皮"或者打麻将之类，很晚才回去。

计无愁母亲的骂声，能震到周围邻居都听见。几十年的老邻居，见惯不怪，张家长李家短一阵子后，又换了新话题。

我有一次出去拿外卖时，在巷子口看到计无愁闷闷不乐地走着，我说："咦，你没去学校啊？"

有那么一会儿，她好像没认出我，疑惑了半天，"哦"了很长一声，沉闷地说："被我妈喊回来去参加追悼会。"

"谁的？"我小心翼翼地问。

计无愁做了个无奈的表情："表婶的父亲。"

啊！我想起她说过表叔娶了前妻的外甥女，与岳父母家十几年没联系的事情。

"上次你说在打官司的。"

"嗯，官司可能不打了。"计无愁摇着头，说，"前妻留下的财产说是给儿子，表叔后来又有了一对双胞胎女儿，表婶不肯把钱给表哥。据说亲戚们都站在表哥这边，让表叔把钱拿出来。”

“表叔同意了？”

“一开始肯定不同意，后来听说瞒着表婶去办了手续，闹得不可开交。表婶赌气回了娘家，回去没多久，她发现父母早就知道了这件事，他们一声都没提醒表婶。然后，”她耸了耸肩膀，继续说，“就不得了了，她像疯了一样跟她父亲吵起来，她十几年没回去了，不知道她父亲前两年才动了心脏搭桥手术，这样大吵大闹的，她父亲突然就不行了，再加上高血压，还没到医院，人就没了。”

短暂的沉默过后，计无愁挤着眼睛看了眼路口，说：“老妈还在等我，回头再去找你。”

她手上抓着外套往外跑，顺便看了眼我手上的外卖，说：“是辣子鸡！”

“答对了。”

计无愁的表叔有个外号叫“橘子梗”，年轻的时候出门干活，为了避免脑袋受风寒，经常戴一个深色的绒线帽，形状像切了一半的橘子，中间织出一根梗，走在路上经常引人侧目，可他自己全然不在意，也不在乎别人给他起的外号，反而笑嘻嘻地回答：“这是我老婆给我织的。”

这时他嘴里的老婆还是第一任，叫春芳，两人是在二十岁左右出来打工时认识的，年纪相仿，认识一年多后便结婚了。

春芳在外人眼中是个朴实的女人，结婚、生子，忙里忙外，照顾老的、小的。“橘子梗”与那个年代的很多男人一样，对结婚、丈夫和父亲的身份没什么概念，唯一不同的是每个月收入会上交。

某天，春芳的外甥女一家来做客，外甥女考上了大学，希望他们多帮忙照应。向来热心娘家事的春芳很爽快地答应了，外甥女周末不想待在学校，尽管来家里住，还特地收拾了一张小床给她。

这样过了四年，外甥女大学毕业谋到一份在私企做财务的工作，为了答谢春芳过去的照顾，每个月总要买点东西上门看望。春芳的儿子，这时正处于高考备战时期，春芳隐约地感觉到有些不对劲，但为了避免影响到儿子的学习，她忍了下来。

“橘子梗”除了头上多了几根白头发、眼角有了些皱纹外，还是跟以前一样，把家当成旅馆。家务事，他通常也插不上话，老房子太小，买了新房装修也都是春芳说了算，只有一件事情他坚持了，就是挂上一幅他自选的巨画，俗气的色调让他很满意，不过画上没有题字让他有些遗憾。

“橘子梗”突然记起妻子的外甥女住他家时，她翻开的那页宋词恰好是周邦彦的《少年游·朝云漠漠散轻丝》。一向粗糙，不知神魂在哪儿游荡的“橘子梗”，鬼使神差地查找了一下资料，记在了心里。某天的午后，外甥女打来电话时，他显摆地念了句：

“不似当时，小楼冲雨，幽恨两人知。”

周邦彦的这首词，有今昔状况对照的抒情之意。前半段描写从前的苦闷、愁怨，依依惜别之情；后半段转入金屋藏娇的风和日丽，又忍不住追忆往昔，颇令人深思寻味。

当时，外甥女正在为了一段无疾而终的恋情而神伤，对这个突兀的表达，心里转得飞快。为了让闹分手的男友回心转意，她便让“橘子梗”来接自己下班。“橘子梗”于是开着车去接外甥女下班，在当时有车还是很博人眼球的，大家纷纷猜测她是找了有钱人才把男友给甩了。

外甥女的男友知道后，旁敲侧击地来找过她，不知是虚荣心作祟还是觉得丢了面子，见面时，问东问西，这让她立刻摸准了男友跟她分手的原因。男方家里条件很普通，加上还有两个弟弟，家里没钱、没房子，他外表不错，单位里看上他的人不少，其中有个家庭条件很好的女同事，年龄比他大六岁，他母亲极力要儿子答应下来，他知道他母亲一心希望他娶个有钱人家的女儿，可以少奋斗二十年，还能帮帮两个弟弟。

两个善于算计的男女，坐在饭桌上耐心地过招，彼此心里都摸清了对方的底牌。

外甥女算是彻底看清了这个男人，之前的那些伤心一扫而光，与势利的前男友算是诀别了。

“橘子梗”那天正好问她要不要来接，她每个月都会去春芳家吃顿饭，干脆趁着前男友还在，她拿起手机说：“你把车停在公司楼下吧，我在附近跟同事谈点事情，很快就过来。”声音温柔得让人发酥，“橘子梗”听得像是被雷击中了一样，“嗯”了半天才发现电话已经被挂断了。

那天之后，“橘子梗”看外甥女的眼神就不太一样了，春芳有时也会疑惑地横丈夫一眼，碍于外甥女在场，她又听娘家人说过外甥女谈了一个不错的男友，所以并未多想。

春芳与那个年代许多一结婚便里外一把手的女人一样，从单位下岗后，她很快重振精神，积极地做起小吃生意，拉着“橘子梗”一起去摆摊，有时“运气不济”东西被没收，有时一直忙到天亮，赚到的钱比拿死工资多得多。她很有持家的头脑，先把一家三口的房子换成大房子，没过多久又给儿子买了套房子留着结婚用。那时，很多人都热络地叫她“老板娘”，但背地里非常看不惯她把丈夫管得死死的，有好几次她是把“橘子梗”从麻将桌上骂走的。

外甥女看见过一次，“橘子梗”气恼地从牌桌上站起，牌友们皮笑肉不笑地盯着手上的牌，当没听见。外甥女以前也一度觉得姨妈太凶，在外面太不给男人面子了，但看到那些合伙想赢“橘子梗”钱的人，她突然明白春芳的良苦用心，她早就知道，“橘子梗”

在牌桌上赢只赢些小钱，输就输上千块。这在当时不是个小数目。

大概也是在那时，外甥女与“橘子梗”有了些默契。

“春芳真可惜啊！”听完计无愁打听来的情况，我唏嘘道。

“所以啊，亲戚家都站在她这边，帮着表哥。表叔的家当都是当时的表婶春芳拼命赚来的，早就说过全是给儿子的。现在这个表婶想独吞，连她亲爹妈都不敢出声。”计无愁说着，深深地叹了口气，“春芳是出了车祸去世的。我不相信报应，这不该发生在表婶的父亲身上。可有时候，命运就是喜欢跟人开一个恶毒的玩笑。”

他人的幸福与否，外人不得而知，若一个人到老到死，都在拼命怨恨别人的错，那么他的这一生，过得也太不值。

灯火已黄昏

南方冬季里的雨天，灰蒙蒙一片，如末日绝境。不过才早上九点多，却似黄昏的光景，暮霭苍茫，空气湿润得让人有种酸痛感。

忽然想起一首词："山抹微云，天连衰草，画角声断谯门……"秦观的这首词，是与歌伎离别之际而作。

这天色，平添了几分闲闷，地上湿漉漉的，行人一脚踩下去溅起一点小水花，裤脚上沾染来了一片污水，心情也跟着这天气低落了起来。

从阳台的窗户看去，路上到处是撑着雨伞的行人。一个拿着透明雨伞的女孩，对着公寓楼高处挥了挥手。沉重的防盗门被打开了，楼道里有人噔噔噔地跑了下去。老式的公寓楼，没有电梯，进入小区的绿化带里种了几棵树、一小片草和花，让拥挤在城市里的人稍稍感到几分欣慰。

我将几盆枯萎的花拿进房间，转头看了看那个上楼的女孩，下楼去接她的是她朋友，一个戴着眼镜的男孩，两人看起来差不多年纪。女孩对着他笑了笑，嘴角抿出一个优美的弧线，男孩若有所思，问："写好了？"

"嗯，要看看吗？"女孩背着双肩包，手上的东西让男孩帮忙拿着，戴眼镜的男孩含糊地点了点头，低着头找钥匙。好一会儿，他找遍了身上的口袋，也没找到，懊悔地说："我下楼时以为在口袋里，结果……"

女孩耸了耸肩膀，她的视线忽然移到阳台上掉落的叶子，出神地望着，楼下是她来时的路。戴眼镜的男孩展开她拿来的一张海报，喃喃念着："伤情处，高城望断，灯火已黄昏。"他咀嚼了一会儿词意，说："我也喜欢秦观的这首词，这次去拍外景，你也一起去吧。"

"《满庭芳·山抹微云》说的是词人与歌伎的离别，我觉得更多的是对仕途不济的悲伤。那年，少游从处州（浙江丽水）匆匆赶往贬所，沿途看尽岁暮之景。仕途颠簸的词人，身在风尘中的女子，是一样的人。只有天涯沦落人，才有那么几分情谊叫人感慨。"女孩幽幽地说着，并不在意男孩是否在听。

我搬完最后一盆花，女孩欲言又止地看向我，我好奇地看向她。

“请问，这些凋落的叶子可以给我吗？”她轻声地问道。

“可以呀。”我疑惑她用来做什么，却不便问出口，将叶子归拢一处给她。

她微微一笑，接了过去，说：“我用它们来作画，密封罐里收藏了很多。”

我点了点头，一时不知如何接话，只是笑了笑。戴眼镜的男孩不再坚持找钥匙，说：“一会儿我哥回来，他有钥匙，我们先去喝点东西。”男孩看着她手上的枯叶，笑着说，“你收集了这么多，还放得下吗？”

“会扔掉一部分。”女孩喃喃道。

那个女孩叫叶不败，不知是否为真名，还是她作画时用的名字。她喜欢随身携带一本皱巴巴的速写本，一个精致小巧的颜料盒，便于随时写生，收集灵感。

戴眼镜的男孩叫莫雷，两人是高中同学，他们的兴趣和志向大不相同，一个准备毕业后出国留学，一个准备将兴趣作为今后的发展方向。

自从我在走廊见过她，叶不败差不多每过半个月就会来找莫雷一次，她看起来很忧愁。

“为什么总是要我照着那些人的画去画，我不喜欢啊，西方的也好，东方的也罢，界线需要这么明确吗？”

“基础的格局是要有的。”莫雷说。

“不，不是这么回事。”叶不败辩驳道，“我不是那种疯狂得连最基本的框架也丢掉的人，太让人绝望了，他们没劲透了！”

莫雷不作声，叶不败沉默了一会儿，忽然说：“我现在有些懂得秦少游了，懂得那些苦涩的词，不是吃饱了撑的强说愁，这种苦涩无法解脱。”

“创作不就是在痛苦中寻找希望吗？你见过哪个整天无忧无虑的人创作出深刻的东西了？”莫雷摘下眼镜，一双眼睛十分明亮，整个人都仿佛亮了起来。

叶不败怔了怔，问：“你近视度数很深吗？”

“还好，已经习惯了。”他耸了耸肩膀，满不在乎地说。

从一扇打开的窗内飘出水果茶的清香，叶不败手上握着一卷已破损的书册，莫雷在整理东西，箱子一个个从屋子里被推了出来。

“古人的诗词看似在谈论风月，即使伤情怀古，也是不食人间烟火的脱俗清冷。后人以为是风雅，是名士风流，我却越发感到哀伤。秦少游在元丰八年（1085年）考中进士，元祐五年（1090年）被召至京师，在汴京工作了五年。绍圣元年（1094年）的春天，党派大变，旧党下台，新党上台，他因此被贬官离京。读书人，致力于仕途之人，心灰意冷地要走了，无论是他，还是那个歌伎，反复莫测的即是命运。”

叶不败将烧好的水倒入瓷壶，啜了一口茶，问他：“这样的痛苦到底值不值得？”

“谁知道呢，没什么是一定值得的。”莫雷将最后一个箱子推出门口。

我在门外拆快递盒子，从代收点拿回来时手一滑，掉在了地上，听声音应该是碎了。果不其然，陶瓷的茶叶罐摔碎了一半，用倒是还可以用，可能要跟人特地解释一下裂痕与花纹的残缺美感……

我犹豫再三，决定扔了被我摔坏的茶叶罐，省去以后跟人解释的口舌之劳。莫雷的上半截身体在门外，这时转过头看了我一眼，问：“没带钥匙？”

啊！我大概已经站在走廊有一会儿了，顺着台阶下，说：“嗯，把东西给摔坏了。”

他似乎很同情地点了点头，又问：“要进来坐会儿吗？”

朋友出门旅行一个月，家里养了三只猫，给了我钥匙让每天帮忙来喂猫、铲屎。自从养了猫以后，我看见别人家有猫就很欢喜，便答应了下来。

叶不败放下瓷杯，在窗口张望了一下，手上拿着几包花茶包，颜色倒是好看。

“等雨停了再想办法。”莫雷将箱子归拢在一起，留出能行走的距离。

我感到很不好意思，以往来这找朋友，并未留意过莫雷或叶不败，每次都是匆匆而来，又匆匆离去。他拉了张椅子放在叶不败的位子边上，笑着说："地方不大，坐下三个人没问题。"

"啊，这里真不错！"我以为他和父母同住，看这情形只有他一个人，墙上贴了几张大牌球星的海报，还有战争片的电影海报。

"他学过摄影，后来发现太烧钱，索性就放弃了。"叶不败笑嘻嘻地说着，眉目间的忧愁淡了几分。

"改用手机了吗？"我笑着问。

莫雷认真地摇摇头，说："想法变了，我打算去尝试些别的。"

叶不败拿着一个木勺轻轻地拂去茶汤上的浮沫，然后沏了一杯茶给我，说："外面真冷，后半夜一直在下雪，早上打开窗一看，到处是一层薄薄的雪。"

"路上十分湿滑，戴着帽子还不容易看清左右的车辆。"我闲聊着，屋外的雨冰冷而绵长，仿佛似断难断的旧情，窸窸窣窣地叙述着，完全没有让人听的兴趣。

莫雷喝了一口茶，理清着剩下的物品，书架、桌子上腾出许多地方。他说他买了太多用不上的东西，总以为会用到。有天突发奇想，算了算一个人一辈子除了吃饭、睡觉和工作的时间，留给自己的悠闲时间很少。即便如此，也很少能静下心来做点什么。

"摄影呢？"我问。

“这个稍微好点。”他笑了笑，“帮朋友的广告公司拍了几条广告，把账单分期还上了。没准，我在这件事上能混口饭吃。”

雨，渐渐地停了下来。叶不败说要下楼买吃的，她和我一起下楼，问：“你朋友去旅行了吗？”

“嗯，去探亲旅行，下个月月初才会回来。”

“真好。”

“你毕业后出国留学？”

“嗯，亲戚在那边，家里说可以照顾我。”

我笑了笑，点点头。

走出公寓楼，她和我两个方向，忽然说道：“你朋友养的猫真可爱，我问她怎么不寄养在宠物店里，她说不舍得，猫喜欢在窗前晒太阳，待在笼子里它们会生气的。”

她的绒线手套上是猫的图案，手机壳上也贴着猫的贴纸。仔细一看，其中一张贴纸上是她，抱着一只小猫对着镜头笑。我大概知道是怎么回事了，点着头说“是”。

她指着对面一间新开张的店铺说：“那里之前是个卖甜品的小店，养了一只非常温顺的三花猫，经常占着靠窗的位子睡大觉，后来生了四只小猫。我有天晚上经过，看见猫妈妈搂着四只小猫睡觉，那温馨的场面看得很想哭，人不能把自己的感情带给动物，不然肯定会受不了。甜品店后来不开了，四只小猫没有了，猫妈妈有时睡在店门外的空调上，再后来，猫妈妈也不见了。”她的下颏微微颤抖，叹息声被车来车往给淹没了。

回想她说起秦少游时的忧伤，她应该是个多愁善感的人。

元丰八年（1085 年）三月，宋神宗病逝，九岁的哲宗继位，高太后垂帘听政，驱逐新党，启用旧臣司马光、吕公著为相，实行“元祐更化”，全面废除新法。

秦少游的创作多以元祐时期为背景，在汴京的四年多里，因举贤不良、同僚弹劾受牵连，仕途连遭打击。事业上不得志，无碍诗词的吟咏山水景色之外，诗人对时局的敏感移情于歌楼舞榭的生活。

宋词艳丽，多是出于无奈，越往后越是如此。

近知天命年的秦少游，迎来创作上的丰收期，如夕阳下的晚霞，绚烂却短暂。

宋英宗治平四年（1067 年），十八岁的秦少游娶了徐成甫的长女徐文美为妻子。他当然没有娶老师苏东坡的妹妹苏小妹，因为他跟苏小妹的故事根本就是传说。

苏洵确实有过一个女儿，名苏八娘，年纪比苏东坡大一岁，十六岁时嫁给表兄程之才后遭到夫家虐待，去世时年仅十八岁，自然不可能跟秦少游能有什么交集。

话说，苏东坡要是有个妹妹，或许真的有可能嫁给这位写出“山抹微云”的学生。人年纪越大，对美好事物越是没信心，美好得不真实的事物，就不是真的。

换个角度想，若秦少游年纪轻轻，就平步青云，仕途风调雨顺，也就难有“伤情处，高城望断，灯火已黄昏”的伤怀了。

藏在诗词里的伤怀，像墨迹浅淡的水墨画，意境很美，每次展开欣赏，心境就会有所不同。

再次遇见叶不败时，她剪去了长发，俏丽的短发在耳后任性地卷着。那天，她忘了带伞，打理好的卷发被雨水打湿，湿答答地贴在她的脑袋上，穿着件黑色的羽绒服，看上去像个瘦削的男孩。

“嗨，你怎么不上楼？”我问她，把伞递上，两人同撑一把伞。

她站着不动，表情犹疑不决，说：“我是来告别的，莫雷好像不在。”

听起来有些奇怪，我只好笑了笑：“你头发、衣服都湿了，这样会感冒的，上来躲会儿雨吧！”

她看起来有些被说服了，可走了几步到楼梯口，就退却了：“我先给他打个电话吧，就不上去了。”

我收了伞，雨水滴在水门汀的地面上，留下一串水印子。

她拿着手机，犹豫地按了号码又挂掉。大概是不想旁人听见，我便上了楼。

经过莫雷家门口，我仔细听了听，里面是有人在的，听上去不止一个人的脚步。我开了门进屋，猫咪们就坐在门口。不知是不是错觉，在关上门的一瞬间，过道上响起了一个脚步声。

屋外的雨停了，我打开一扇窗，几滴雨飘了进来，打在脸上着实的冷。两只猫挨着睡在窝里，还有一只在地毯上跳来跳去。关上窗，我收拾了一下准备离开，隐约听到门口传来争执声。

“你为什么不说清楚？”莫雷的声音听起来很生气。

这个时候出去，可能会让对方感到尴尬。我等在门口，准备等说话的人进了屋再出去，但却迟迟未听见有人进屋关门的声音。

莫雷生气地挂掉手机，手机“啪”的一声掉在地上，他重重地叹了口气说：“现在怎么办？你不能让我去说啊！”

那人依然未作声。

我心想，与莫雷站在门口的绝不是叶不败。

莫雷气呼呼地说：“她走了，刚才给我打了两个电话。”

“那算了。”那人开口说道。

随即响起一阵噔噔噔的下楼声，莫雷站在过道上，终于打通了电话：“你在哪儿？他下楼找你去了——什么？不，不，你先等在那儿，他现在去找你……知道了。”

电话被挂断了，他找出钥匙开门，“嘭”的一声又关上了。

下楼前，我在过道的阳台位置看了一眼，一个男子匆匆穿过马路。站在马路对面的叶不败回过头来，黑色的头发湿答答粘在脸上，男子走近她。两人默默地往前走，过了十字路口，再也看不见了。

清冷的冬季，偶发的爱情像一杯热巧克力里的棉花糖，堆在一起白花花、软绵绵的煞是好看，一转眼，热巧克力不热了，又白又软的棉花糖冷掉在杯子里，每一口喝下去，甜倒是甜，心却是凉的。

我每天下午或傍晚去朋友的公寓楼照看猫，莫雷家的门都关得严严实实的，不像有人在家。有一次，看到门底下有一张塞进去的宣传纸。我有些奇怪，信箱在楼下，有人特意跑上楼投递倒是少见。再仔细一看，其实是张便条，能看到落款人：叶不败。

回去的路上，看到朋友发来的消息，她要比预期的时间多待两天，发了几张意境极美的自拍照给我。她的身后是山野孤村，天空中归鸟万点。明明是高兴之极的自拍照，却让人看出几分伤感。我放大照片，清晰的像素下，看到她眼眶周围微红，没有化妆的脸有些浮肿，像一个刚哭过的人。

时间让人学会闭嘴，看明白的事多半要烂在肚子里。

养了三只猫的朋友，给猫分别取名：金风，玉露，朝暮。她的名字里有个“沁”，喜欢别人叫她小沁。

她在照片下加了几句：刚下过雨，衣服、鞋子都湿透了，冻得面色红润。

我拍了几张猫咪的照片给她，她很开心地说，恨不得立即搭下一班飞机回来。不知为何，我却觉得她会比预期的时间更晚回来。

到家以后，我想起莫雷门口叶不败留下的纸条，颇生出一些感慨来，现在很少看到随身带着纸和笔的人了，更难得看到有人能写一手娟秀的字。

不下雨的天，太阳落下后，风吹在身上，也是湿冷的。我咳嗽着换了鞋子出去吃晚饭，周末的晚上，餐厅里的人不少。

穿过两排一直排到走廊的队伍，我瞄了一眼广告栏上最新上映的电影，忽然看到一个熟悉的身影，一身光鲜时髦的休闲装，正转着头说话。

我认出了那个人是小沁的男友。

奇怪了，他不是应该在国外吗？小沁去国外旅行，就是为了去看他。我不知道他的名字，小沁有个忘了密码的社交空间，发过一些两人在一起时的照片，密码忘了以后，她换了个新账号，再也没有上传过任何与男友相关的照片。

或许，她并没有忘记密码？

等位号到我时，我便走进餐厅，占了张桌子等待朋友到来。小沁男友身旁的女孩，转头看了一眼餐厅，问："这家怎么样，饿死了。"拿了号码一看，两人不甚满意地摇了摇头，就往前走了过去。

我发了消息给小沁，问她旅途见闻，有些担心她的情况，不知是否还有其他人知道。

即便是再好的朋友也有不想让别人知道的事，何况是一开始便没有说的。我只好兜兜转转地说，下次也想去玩，准备做个攻略。

她没有回我，临睡前也没有回复。

第二天，我去照看猫，刚到过道就听到小沁在说话，十分惊讶。小沁风尘仆仆的，拖着行李箱，正准备开门。看到我，她并不惊讶，点了点头，问："我放下行李，然后我们出去吃饭，好吗？"

"好。"说着，我看了看隔壁莫雷的家，屋内有不少人，不时传出惊呼声，可能在玩游戏，也可能在看球。

忽然，我看到那张眼熟的便条，如废纸般压在窗台上的杂物下。

小沁在换衣服，过道上除了我没有旁人。忍不住好奇，我拿起那张便条仔细端详着，娟秀的字迹已经模糊，不过还能分辨出是秦少游《满庭芳·山抹微云》的词，配了一幅"人在楼台独坐"的意境画，寥寥几笔，说不尽的苍凉无奈。

我反复端详着便条，找不到任何其他的线索。

楼梯上响起了沉沉的脚步声，我急忙将便条塞回原来的地方，站到小沁的门口。

过道上出现了一个陌生男子，五官端正，身材颀长，跟在后面的是莫雷。那男子问了一句："在哪儿呢？"

莫雷变得局促，摸了摸脑袋指着窗台。那男子移开杂物，看也不看就将便条收在口袋里，转身立刻走了。我低着头，装作不曾看见，莫雷很快拿了钥匙进屋。

小沁换了一身外套，梳洗过后，看着精神了不少，她拉着我下楼，笑着说："你想去吗？下次我们一起去旅行吧。"

"好啊！"

走出楼道时，我转眼看到那男子正站在屋檐下看那张便条，小沁也看到了，随口说道："他以前常来找莫雷，过得不太顺的样子，又追起了莫雷的同学，后来听说要跟着家人移民，便跟莫雷的同学分手了。"

"这样啊？！"

真是伤情处，犹记多情。

人在低谷时，人在转运后，都是天涯。

当时轻别意中人，山长水远知何处

后来我才明白，一个人若自带珠光宝气，有让人产生想亲近的气质，确实是羡慕不来的事。在一个世俗甚至势利的环境里，有的人要拼命证明自身的价值，有的人只要无辜一笑，得来便全不费功夫。

沐斯斯穿着一身名牌在做兼职，没有人注意到她正从背包里拿出 LV 钱包付午餐费。她烫了一头长波浪的发，染成金棕色，戴一副黑框眼镜，人很瘦，身材高挑，做兼职的她，一身行头可能比某些公司部门经理的还要贵。

计无愁又换了一份兼职，她对沐斯斯充满了好奇："能穿这么贵的衣服，为什么还要做兼职？你知道吗？她上次跟办公室里的人一起跑到境外玩，卡刷爆了后打长途电话让母亲去银行存钱，继续买奢侈品。"

"毕业以后出来做事，有工作经验是不错的。"我搭着话说。

"她在外企兼职，可是外语超级差，连最简单的口语也不会。"计无愁疑惑道。

我很想说，即使什么都不会、什么都不做的人，收入可观的多了去了。但又怕伤了计无愁的自尊心，没有说。

过了一会儿，她似乎释然了："不过好像二老板不怎么喜欢她，二老板对任何人都看不上，只对工作能力好的人才会稍微和颜悦色些。我记得沐斯斯在这兼职的时间蛮久了，活动现场一次也没去过，只在办公室里待着。"

"活动现场好玩吗？"

"有点意思。"计无愁一笑，说，"不过太累了，做错一点点就要被人堵着骂，骂得特别难听。"

"补贴怎么样？"

"比在办公室好一点，但是压力大，一整天到处跑来跑去处理事情，很累。"

我觉得即使不用我说，计无愁也明白沐斯斯不去活动现场不是公司看不上她的能力，而是沐斯斯根本不愿意去。

“你知道吗？我不羡慕她身上的名牌，因为羡慕也没有用。你知道吗，差异这东西，很难不让人觉得自己白活了。你拼命努力得到的东西，人家根本不稀罕。我中学时，曾把自己最喜欢吃的水果糖给一个心情不好的好朋友，可是，我却看到她把我的水果糖扔出了窗口。我假装不在意，觉得她心情不好，不能怪她。但是，我明明听到她说‘谁要吃这种甜死人的水果糖’。我没把这事当真，我以为我和她还是好朋友，可她只有在跟别的女生吵架或被排挤时，才会跟我玩，平时很少跟我说话。”

“女生的世界……”

计无愁突然咬着手指，想起心事来，手指上的指甲油脱落了一大半，她专心地啃着，又啃下来不少。

“沐斯斯有点像那个女生，当然没那么刻薄，毕竟我和她不熟，又是工作上认识的。我能很明显地感觉到，沐斯斯上一秒笑盈盈地跟你说话，让你以为自己和她是朋友，可下一秒，她就变脸。比如坐下来吃饭时，她会刻意地把我安排到对面的位子上，我连说声不好的机会也没有。我不在乎她，但我讨厌自己，她们这样的人总让我觉得自己很讨厌、很可怜，像个只能坐在垃圾桶边吃午饭的边缘人。”

“我明白，你并不是生别人的气，而是生自己的气。”

计无愁沉默了好一会儿，忽然喃喃道：“晏殊十分聪慧，七岁能文，十四岁被张知白推荐入试，之后，步入仕途直到官拜宰相。官场上虽小风浪偶尔有，但基本上一帆风顺。这是大部分人梦寐以求的生活，富足稳定，到哪儿都闪着珠玉色的温润。我呢，要是干脆不懂，也就不在乎了。可是现在……"

"也会认真地考虑这些了。"

计无愁没有否认，说："我也不想在背后这么议论她，毕竟不熟，也没有任何私交。你看，我有她的联系方式，但从来不说话，如此，我们之间不会有深的交集，也不会变成朋友的。"

计无愁默默地点了点头，说："我不羡慕，但我无法不去想这些事，我连信用卡都没有，无法想象我妈会在我刷爆卡后打钱给我。"

"你妈很疼你的。"

"我知道，她用她的方式对我好。"

我们常说要跟"好的"去比，可"好的"标准是什么？

比如说晏殊，是十四岁就进入仕途的神童，从此平步青云，富贵、美满一生，连学生都是欧阳修、王安石、范仲淹等大名鼎鼎的人物。

要说能与晏殊相比的人却不多，纵观两宋几乎没有。可惜的是，晏殊写下上万首词，流传下来的仅《珠玉词》残本。

若将柳永与晏殊作比较，所谓"好的"就一目了然了。

两人同为同时期的文人，在朝为官，有过些许交集，不过词的风格却大相径庭。晏词，珠光宝气；柳词，直白。同样描写轻歌曼舞、醉酒微酣，晏词就颇具一番富贵温婉的雅致之风韵。

例如晏殊的这首《踏莎行·碧海无波》：

碧海无波，瑶台有路。思量便合双飞去。当时轻别意中人，山长水远知何处？

绮席凝尘，香闺掩雾。红笺小字凭谁附？高楼目尽欲黄昏，梧桐叶上萧萧雨。

晏殊的地位，不愁得不到女眷，但是他会为了谁这么忧愁呢？

离愁别绪和闲情，是当时婉约词的风格，很多人都是这么写的。或许晏殊也就是这样写而已，哀伤却并不真的缺少，只是为赋愁而赋。

想来，那时晏殊身居要职，词作里却不见关乎国家兴亡的壮志，也没有普通百姓的愁苦，除了男女之情、纸醉金迷，便是春喜秋悲、夏花冬雪，让人产生某种现实之外的幻想。那些不真实的伤情，像是可以逃脱生活的哀苦，从而回避开敏感、迫切的严峻局势。

这不仅让人猜想，柳永在仕途上的不济似乎也在情理之中，太过真实、洒脱和豪迈的人，在朝堂之上要如何不得罪人呢？反之，晏殊的天才之处，反倒全然体现在他的处世之道上。

位极人臣的晏殊，要以现代普通人的心理去了解他的思想，未免缘木求鱼，他在《珠玉词》中写有不少对时光流逝的伤感，敏感的文人情怀，连愁闷烦恼都弥漫着龙涎香的味道。

我想，这或许也是计无愁感受到的云泥之别。

人到一定年纪后会开始安慰自己，那些得不到，难以企及的生活并不适合自己。选择余地的匮乏，不如索性接受现实，好好过自己的生活，如果总是遥想那些不属于自己的事物，人怕是要抑郁了。

自从微信朋友圈盛行后，看着别人不定时更新的动态便产生出一种焦虑感，原来别人都过得这么好，不是在旅行，就是在享受美食，而屏幕前的自己却还在加班。安慰自己说每个人的追求不同，不必在意，可当夜深人静时，那种焦虑感会喧闹地袭来，以至不停止地在脑中回荡：我在白白浪费这一生。

晏殊在词作中，也表露出对韶华易逝的留恋，读到时才有些明白，或许无论过得好或不好，人在某些时候都会感到哀伤、遗憾。

看到别人光鲜的一面，难免会这么想，一个人要怎么做才可以活得如此八面玲珑、朋友遍天下？

晏殊，十四岁便在官场摸爬滚打的神童尚未完成社会化，身心上还处于模仿性很强的年龄，所以可塑性很强，很快便圆滑谨慎地适应了官场，就此安稳地过完他珠玉耀眼的人生。

他生平最大的政绩，是“务进贤才”，“当时知名之士，皆出其门”。不过，作为宰相的他慧眼也会见风使舵，政治主张上他从不支持北宋政坛上的杰出文人，对大胆革新的言论甚至处处打压。可见，天才的晏殊是个信奉现实与稳妥之人，如他的词作一般，在温软的珠玉中转过可看到现实的种种。

很多时候，世人更讨厌那些圆滑到没有人情味的掌权者。他们总能及时迎合权力，但从来不会主动伸手，比起那些作恶多端者，世俗圆滑者往往以“无作为”而免于惩罚，避开了其本身也是恶的一部分。

北宋士大夫富弼，就抨击过晏殊的这份“恶”，对宋仁宗如此进言：“殊奸邪，党夷简以欺陛下。”

艺术创作，若是失去了激情，那么文辞再精雕细琢也不过是温软珠玉，清雅婉丽，美是很美，却是少了点什么的。激情和创造力，是会显露内心的，圆滑谨慎者往往会小心翼翼地一一避开，深藏在心，绝不吐露。

有一天，计无愁很认真地说，要认认真真地读晏殊的词，了解他的生平。会写词的北宋士大夫太多了，但会做官，更懂得圆滑处世的词人，实在是屈指可数。晏殊，应该排第一。

下班后，计无愁在车站等了又等，直到一辆马自达牌汽车停在她身旁。

车上是沐斯斯和她男朋友，她穿着一身轻柔闪亮的裙装，长发又重新染了颜色，一张小脸精致得看不到一点儿瑕疵。

沐斯斯从车窗内伸出手跟计无愁打招呼，说：“你去哪儿，要送你吗？”

计无愁当然明白这是客气话，笑着说不用：“我在这有点事。”她没说自己住在这里，兼职的这段时间让她明白了一个道理：不要把隐私说得太清楚。

沐斯斯对她笑了笑，笑声似银铃一般，悦耳动听。

沐斯斯的男朋友发动引擎，对计无愁挥了挥手，沐斯斯在座位上对计无愁做出打电话的口型：给我打电话。

计无愁与他们道别，转身往家的方向走。

有天，计无愁说：“要是能留在公司就好了。”

“你喜欢那个工作？”我问。

“我想见见世面，看看不同的人。”说着，她眨了眨眼，“我没有多少钱，又不是名牌大学毕业的，我能走的路很窄，要是有一条稍微好一点的路我也想走下去。

“我爸妈什么忙都帮不上，他们只会说别人家的小孩，会反过来问我‘你怎么这么没本事，人家小孩十八岁后就不依靠家里，你还在问家里要钱’。我也不想问他们要钱，我要是赚到足够多的钱，我也想自己付学费。”

“十八岁，有多少人能实现经济独立？”

“别人家的小孩，还有那些……”她苦涩地笑了笑，继续说，“他们不看新闻，不在乎实际情况，一说起什么事就说别人家的怎么样怎么样。”

“你看，又下雨了，梧桐叶上潇潇雨。我能想到的美梦，真的有个‘别人家的小孩’都完成了。”

我心想，她说的应该是沐斯斯，羡慕甚至嫉妒都很正常，上进也是要靠人激发的。

“我不嫉妒她，我只是没想到自己这么傻，坚信一些没什么用的东西。在巨大的物质面前，人的精神追求会变得特别可笑，像个井底的青蛙。以前觉得插不上话，现在觉得还是不说话更好。”

计无愁的哀伤，也是历史上很多大人物的哀伤。柳永若有机会改变，他会不会像晏殊那样圆滑谨慎地过一生呢？要是这样的话，后世一定会少了很多柳词，少了很多隽永的意境。

“过于懂事、隐忍、妥协，肯定会让自己陷入万劫不复的愁绪里的。你喜欢下雨，天要塌下来的大雨，你站在小小的屋檐前，透过街边小店的玻璃窗，看着奔跑躲雨的人从眼前一一经过，你说你喜欢这种感觉。这就是生活吧！我们都是冒着大雨往前奔的人，就算淋得湿透也要继续前行，我们没有生活在云端，没那么多闲愁可以消磨，但不影响欣赏美丽的事物就好，就像晏殊的词，泛着温软珠玉的香色，不必为自己感到遗憾。”

卷二

楼外垂杨千万缕

诸琇离婚快一年了，但流言蜚语从未消停过。

那时，还没有多少个社交空间，她的事都写在开心网上，随着流言蜚语乱飞，她删除了大部分内容，设置了浏览权限。

最后，诸琇删除了几乎所有的内容，只留了一首朱淑真的词《蝶恋花·送春》：

楼外垂杨千万缕，欲系青春，少住春还去。犹自风前飘柳絮，随春且看归何处？

绿满山川闻杜宇，便做无情，莫也愁人苦。把酒送春春不语，黄昏却下潇潇雨。

诸琇很快离开了原来的公司，但还是有不少人翘首以盼地窥探着，等着有什么惊心动魄的事情再发生。

在餐厅遇见前同事诺拉，打了声招呼后，她忽然神秘兮兮地拉着我说话，热络地像他乡遇故知似的。

诺拉是出差，我是中转去看朋友。

恶劣的天气使很多人滞留在机场，我坐在椅子上，看着窗外大雪纷飞，她拿来两杯咖啡，我和她都不饿，被这宛如电影《后天》的场景烦得心神不宁。

“现在又发生了什么事情？”我问。

“闹离婚的时候诸琇的丈夫死了，说是意外，后来又闹出了天价保险单。”

“有孩子吗？”

“没有。”诺拉翻出手机找了找，做了个遗憾的表情，“诸琇和我同学后来在一个公司上班，刚进公司没多久就升为部门经理。公司上下都很奇怪，认定她是走后门招进来的，因为她的资历在应聘者中太普通了。”

“工作能力呢？”

诺拉笑了笑，说：“公司各部门之间没什么牵制，不太注意。”

我想起来以前在公司诺拉就关注各种八卦，对每个人的隐私有着惊人的热忱。虽然难以体会古人雪夜闭门读禁书的乐趣，但忽然得知共同认识的人的一段神秘之事，不禁让人有了些许世俗的安心。

诺拉找了个舒服的座位，买了盒盒装水果，她看起来很饿，我把自己的曲奇饼干给了她。她有些不好意思地笑着，说："昨晚开完会就出差，一个晚上什么都没吃，一直在酒店里赶计划书。"

"要休息一会儿吗？"我笑着问。

"不了，讲讲八卦能帮我减压。"她笑得很开心，咬了口曲奇饼干。

见过诸琇的人分为两类：一类猛夸她会打扮、处事得体；另一类对她是横竖看不惯，没什么具体原因，从第一眼就看不惯。

诸琇很会玩，和男朋友组建过乐队，男朋友比她小几岁，她工作时男朋友还在念书。

诸琇的男朋友，长得像某个著名乐队的主唱，俊男美女的组合在台上表演时颇为吸引眼球。她男朋友叫施盛，乐队演出赚不了多少钱，他还教人打鼓，所以平时两人在一起时施盛负担起大部分的花费。

施盛的母亲很喜欢诸琇，来家里吃过几次饭便将她当作未来儿媳看待，偶尔会问儿子的想法："你们是认真的吗？结婚的事早点决定蛮好，诸琇的工作也不错。"

施盛当然明白母亲的意思，他之前交往的两任女友，母亲都不喜欢。第一个女朋友在施母看来长得不好看，脾气过于耿直，说话太冲。第二个女友长得很漂亮，但是说话、衣着打扮看着很没家教。施盛一再解释年代不同，不需要母亲的意见。

施母很了解儿子，越反对就越犟，便旁敲侧击地说他乐队里其他成员的女朋友个个都长得漂亮，脾气又好。施盛听后很不屑。

施盛认识诸琇是在俱乐部，诸琇会唱歌，临时担任主唱的位置，那次邂逅，被两人的朋友们开玩笑说成是命中注定的。台上，诸琇清唱一首《Never Grow Old》，赢得全场的喝彩，更是俘获了施盛的心。

在认识诸琇之前，施盛从未如此爱过一个人，他比她小几岁，但在感情上他自认为比她成熟。他很会照顾人，与前任们分手后，从未撕破脸过，她们后来也都有了各自的男朋友，仍然会在施盛生日时发祝福的信息。

诸琇知道他很受女生欢迎，他在台上表演时台下总会出现几张眼熟的脸，不过，她表现得很大方。与施盛交往后，她到处带着他，她出差在外，他也会赶过去与她见面，见过这一对情侣的人纷纷称赞："俊男美女，太般配了。"诸琇的生活很丰富，她空间里的照片就像一个万花筒，很多人想认识她，把她当作一个遥不可及的偶像。她多才多艺，为人处世游刃有余，又精通外语，熟悉她的人多都觉得施盛配不上她。

诸琇的身边从不缺少异性朋友的身影，半夜里跑去安慰失恋的男性朋友还说给公司同事听："大概半夜两点多吧，他心情不好在路边喝酒，我就去陪他喝了一会儿，喝得差不多了就送他回家。我到家已经快早上五点了，刚躺下一会儿就起床上班了。"

"你应该休假好好休息一下，至少休半天，看看你，黑眼圈都出来了。"一个同事关心地说。

"我黑眼圈严重，眼霜用了没什么效果。"诸琇说。

"上次你说的那个牌子怎么样？"

"啊，迪奥的眼霜，我最喜欢这个牌子了。"诸琇一说到名牌眼霜，便笑吟吟地眯起了眼睛，"刚开始用，过段时间看效果。我朋友下个月去欧洲玩，让她帮我再带点东西。"

"能不能帮我带？"另一个同事问，更多的人听到都涌了过来。

诸琇很好说话，有形形色色的朋友能帮忙捎东西，同事中很多人喜欢与她保持良好的关系，因为清楚她工作之外的能力。

一个能力、资质俱佳的人，不会在一家公司待太久。诸琇离职去寻找更好的发展平台是早晚的事。

施盛毕业后进入广告公司工作，很快得到一个机会，与人合伙开了一间工作室，自己策划项目，找诸琇一起加入。

诸琇的社交能力和外表是敲门砖，她知道自己的优势，现在工作的公司虽然稳定，但看不到有什么发展前途。完成手上的项目后，她就辞职了。

工作室的工作比之前早九晚五的工作自由多了，她不用再每天挤地铁赶时间。因为家里的一些原因，她搬出去租了房子，一堆音乐器材、画板颜料和名牌是她的全部。

这份工作，为她带来了意想不到的契机，她认识了一个能帮到她的人。

施盛身边不缺异性朋友，让他感到奇怪的是诸琇很少过问，当有女孩打电话给他，诸琇恰好也在时，他紧张地看看她，她则专注地盯着笔记本屏幕，不知有没有听到他的电话。

让他感到更泄气的是，诸琇只在几次开玩笑时问起："你的哪位学生打给你的？"

"是啊，他们想报考音乐学院，家里很反对，所以来问问我。"

"嗯。"

一声简短的"嗯"，让施盛想好的一堆措辞都没有机会用上，他自己还自作多情地说"他们"的时候故意模糊了性别和人数，好像在暗示他并没有与某个学生特别熟，他作为他们的老师，是一视同仁的。

诸琇对他笑了笑，仿佛在说：我知道你是这样的。

施盛出差去拍摄，经常一走就十天半个月，出差途中他一天要打三四个电话给诸琇，她有时好半天才接起来。他问："怎么了？"

"我在打瞌睡，今天太累了。"

"我后天回来，你想要什么吗？"

"上次说的口红，你去免税店看看，不要弄错色号啊！"

施盛答应了。

经过免税店时他母亲打电话给他，说："我上次买了个镯子，你拿去给女朋友吧。"他心想有了母亲送的东西，口红就先不买了，她已经有许多用不完的名牌化妆品了，梳妆台上早就摆不下了。

他笑着跟母亲说了这件事，他母亲安静地听完后，问："你买给她的？"

"有一些是。"施盛觉得奇怪，母亲怎么会这么问，"有一些是她自己买的，她也经常帮人带这些名牌。"

"帮人带的就算了。"母亲说话时的口气听着很冷，像一座小冰山砸进他的心里，"以她的薪水是不是负担得起，你好好算一算，毕竟她只是你女朋友，你不要太傻。"

施盛曾怀疑过，但是一想到两人在一起这么久，诸琇也很大方地将他介绍给她所有的朋友认识，他找不到怀疑的理由。

私心地说，诸琇比他年纪大，如果是前女友早就在催结婚的事了。他和诸琇，也谈论过结婚的事，当时她笑吟吟地说要开始准备度蜜月的安排。

可是，还是发生了他最不想看到的事情。

那次出差，工作上的事比计划提前一天完成，于是，他搭乘当天的航班赶回来，一下飞机就直奔她租的房子处。他有房子的钥匙，想给她个惊喜就没提前联系诸琇，而是用钥匙自己打开了房门。

屋子里有个放杂物的隔间，是专门用来放置他们两人的乐器的。曾经，他与乐队录过些视频上传到网上，有过不错的人气关注度。

诸琇的出租屋里没有人，施盛打了个电话给她，说："今天真累，你睡了吗？"

"刚躺下，准备睡了。"诸琇轻轻地打了个哈欠，笑着说，"开了一天会，晚上一直在接客户的电话，上次的宣传文案他们不满意，我重新发过去的邮件说没收到，骂了我一个晚上，要我承担后果。"

施盛回应着，没想起来要去安慰她，而是满脑子在想她到底睡在哪里？

她只在周末才会回家吃饭，她家离工作室单程还需要两个小时，已经这么累了不应该是突然跑回家了？

施盛站在卫生间里，看着那些堆放在梳妆台上的高档化妆品，那些说是帮人带的还在，还又多了几套放在柜子里，幽幽的香气飘了出来，绕在鼻间让他打了好几个喷嚏。

"上次你说套装里的一个乳液特别好用，叫什么名字？"他佯装着，傻笑着在电话里问她。

"哪个套装？"

"就是你放在梳妆台上的那一套，你去看一下，我明天经过免税店一起买回来。”

电话那头一阵凌乱声，很快又被接起，她说：“是水动力精粹乳液。”

“嗯。”施盛听着她悦耳动听的声音，整个人觉得天旋地转。

他就站在梳妆台前，心里一万个为什么：她到底在哪儿，她为什么这么神秘？

“你明天几点到？”

“明天先回家，一直在出差没回去过。”他发现自己还在掩饰尴尬，为什么不干脆地拆穿她？在一起的这几年，他们很少争吵，他的狐朋狗友很羡慕他，诸琇不仅漂亮又识大体，在朋友们面前从来都滴水不漏地维护他，让他赚足了面子。

“你早点休息吧，我也睡了。”

挂了电话，施盛坐在沙发上发呆，看着窗外灯火辉煌的夜景，他一条接一条地翻她空间上的内容，看到一些奇怪的留言，点进去一看，顿时五雷轰顶。

“什么留言？”我看了看外面，天气暂时没有好转的迹象。

诺拉耸了耸肩膀，说：“施盛看到了别人在背后在议论他们，仅仅议论也没什么，他发现一直以来他是被蒙在鼓里的人，只有他不知道，所有人都知道，连诸琇的客户都知道。

诸琇和我同学在一家公司工作过，我听同学说过，诸琇跟客户走得很近，到什么程度我同学没有说，但她说公司里有人找诸琇谈过话，她后来是不是因为这件事离职就不知道了。

她走了以后，公司里有人说，她是因为跟某个已婚主管熟而被招进来的，那主管辞职后，她也走了。”

“她和男友，后来还结婚了？”

诺拉神秘地笑了笑，说：“这就是她的本事了。你想啊，她异性朋友那么多，人缘也不错，为什么只把施盛作为正牌男友介绍给大家呢？”

“爱过？”

诺拉笑得特别开心，不是讽刺或嘲笑的那种：“我不喜欢诸琇，但也不讨厌她。她工作能力还是不错的，只不过她后来任职的公司，我同学对她的评价很低，可能因为工作上的事，很多人挤破脑袋都进不去，她的简历实在太不值得一提。”

“很多公司都有隐性的道德规则……”

“这个确实很重要。”诺拉很认真地点点头，叹了口气说道，“她QQ加了不少客户为好友，发现她和已婚主管有说不清的事后在她的空间里骂了起来，全公司上下和客户们就都知道了，影响很大。”

诸琇拿着一本婚纱杂志翻着，不时问施盛意见：“你觉得这件怎么样？”

施盛看了一眼，说：“旅行结婚怎么样？”他拍摄过不少婚纱照，也曾在婚礼上当过伴奏，热热闹闹地一大堆人，这样的仪式真的太让人身心疲惫。

忽然，诸琇翻到古装风的照片，幽幽地问：“你知道朱淑真吗？”

施盛一愣，问："谁？"

"一个词人，写过很多哀伤的词，她大部分的词作都被她家人烧毁，只剩一本《断肠集》流传后世。你看这首：'犹自风前飘柳絮，随春且看归何处？'我特别喜欢，春天的柳絮，哀鸣的春残，花落草长。今天在公园里看了一下午的花花草草，春天快过去了，莫名人会感伤起来。"

诸琇剪短的头发恰好遮盖住侧脸，她就像个陷入哀伤情绪的女子一样，安静地盘腿坐在沙发上。

"我不懂。"在施盛看来诸琇一个这么现代的都市女孩，怎么会和古人牵扯上？

《断肠集》？听名字施盛就不太想了解。

"我以前就认为《生查子》很大可能是朱淑真写的，虽然很多人都说是欧阳修写的。"诸琇敲了几下键盘，跳出来一首《生查子·元夕》：

去年元夜时，花市灯如昼。月上柳梢头，人约黄昏后。
今年元夜时，月与灯依旧。不见去年人，泪湿春衫袖。

"这首我知道。"施盛搜肠刮肚了一番才说道，这是他为数不多的古诗词记忆。

“这个是她写的？好像不是她吧。”他并不确定是谁，反正觉得不会是朱淑真。

“存疑。”她说，“这首词被收录在欧阳修的文集里，经过后人的考证，通过诗词相互比照，反而让人更相信是朱淑真所作。”

施盛理不清楚其中的纠结，他对这些哀怨难懂的古文辞藻有着天生的抗拒，他奇怪诸琇从何时对这些小情调开始感兴趣的？

乐队早就解散了，曾经的乐队成员都有了各自的小日子。

她还是她，只是，不再隔三岔五地去泡吧认识新朋友了，不再总是有一堆新旧朋友要应酬了。然而，她休息在家却仍然找不到她人。

施盛不会忘记她突然搬家，然后整整两个星期联系不上她，不得不打给她的前同事询问她的联系方式。

他知道自己听起来有多可笑，他不是没有别的选择，也有别的女孩等着他，可他就是放不下诸琇。

爱上一个人是无能为力的事。

恰好在这个时候，施盛的母亲告诉他老房子可能要拆了，祖父母希望他快点结婚，到时一起搬新房子。

于是，他找到诸琇商量这件事。对于出差回来那晚的发现，他绝口没提。不过，自从那天以后，两人的关系变得如履薄冰。诸琇敏感地察觉到了什么，她似乎知道施盛那天打给她时就在她的出租屋里，施盛似乎也知道她发觉了。两人冷战了几个月，直到施盛从诸琇的前同事那里打听到她新的联系方式。

施盛对诸琇说了结婚的打算，她看起来心烦意乱，说要考虑一下。

他甚至不抱希望了，走出咖啡馆约了几个朋友去泡吧。爱慕他的女生温柔体贴，但是他眼前浮现的却还是诸琇的脸，她的温柔体贴带着世故和圆滑。他知道眼前的女生仰慕舞台上的他，把得到他的回应当作某种炫耀。

施盛明白逢场作戏的分寸，女生说要送他回家时，他说："我要打个电话给女朋友。"

过了几天，诸琇来找他，眼里含着笑意，说："我跟家里说过了，他们也同意。"

于是，双方家长见了个面，很快确定了日期，他们已经在一起多年，互相了解也足够了，趁早把婚事办了，也好尘埃落定。

那个爱慕施盛的女生不知从哪儿得到了消息，发了一堆照片给施盛，说："你找不到她的那两个月，她和别人去了美国，玩得很开心，根本没想过你。"

施盛并没有回复，他知道照片是真的，所有的事都是真的。

那女生又发了几张照片给他，像个侦探般为他抽丝剥茧地还原事件本身：“她身后的大楼是那个人的家。”

他知道那儿，诸琇说过很多次要住在这样热闹的市中心，每晚在高楼的阳台上看夜景。

“真奇怪，到这一步还能结婚？”我问。

诺拉似乎很能理解：“施盛家境还不错，诸琇嫁不了那个人，也没有其他合适的人选，加上当时她有些……”

“怎么？”

“她母亲也劝她结婚，施盛又很爱她。”

这是不是爱，谁又知道呢？

“后来又是为什么离婚？”我问。

“这个没人知道。”诺拉翻到朋友圈中的一张截图，说，“她结婚前删了所有的空间内容，有天贴了一首词，我一查，发现是朱淑真写的闺怨词。”

我看了看，是朱淑真的《蝶恋花·送春》。

截图上还有一首手写的《生查子·元夕》，但后来被删除了。这么多年五彩缤纷的生活，转眼间全被清空。

生活要是真的这么容易一键清除，不知会怎样呢？

“朱淑真的父亲是临安知府朱晞颜，朱熹的族弟。不过，家世颇好的她，婚姻却极不幸福，婚后与丈夫汪纲的感情很不好。汪纲，很是宠爱小妾。”

“《生查子》，假如真是她写的，她在元夕灯市上邂逅的那人很可能是她所恋的人，当时她是否已跟汪纲决裂分开，不得而知。虽然她最后成功跟丈夫离婚了，但与传说里的恋人也没有什么好的结果。她留下的《断肠集》是后人辑录，很多作品都被她父母焚毁了。”

我附和了句：“把酒送春春不语，黄昏却下潇潇雨。春天的好时辰消逝了，垂杨、柳絮，春去也。”

诺拉安静地听着，有那么一刻，她眼神中呈现出一种错综复杂的神色。我赶紧闭嘴，说：“宋代女词人里，人们经常把她和李清照相比，但她们很不一样。”

“当然，李清照有爱她的赵明诚，朱淑真却嫁了个爱小妾的汪纲，真是糟心。”诺拉笑了笑，说道，“我现在觉得诸琇贴这首词，好像把所有的话都说了。”

“真的吗？”

“她很优秀，”诺拉想了想继续说道，“但是不是不近人情的优秀，我认识很多那样的人，诸琇不是。我上个月出差时碰到过她，你知道她对我说什么吗？”

“啊，你们还见过面？”

诺拉微微一笑，说：“是的。当时的她看上去很平静，但听说她婆家为了天价保险单的事去法院起诉她。她搬出来开始新的生活，她跟我说‘失去还是被抛弃？即使我无法拥有，也不想知道是因为自己的失败而被抛弃，都得不到才能让人安心’。你说这段话是什么意思呢？”

末日般的恶劣天气渐渐转好了，灰蒙蒙的天有了些许亮光，让等着中转的人感到踏实。

咖啡和点心都吃完了，诺拉拉着行李箱往另一方向走去，我与她挥手作别。

人真是奇怪，难以感受他人的幸福，却对他人的痛苦、不幸尤其深有悸动。

蓦然回首

晨曦时分，从阁楼上眺望，黯蓝幽怨的古镇，仿佛阳光底下的不为人知的秘境，有种欲语还休隐约其间。

在春日的清寒之中，那女孩裹着单薄的外套，穿过逶迤的回廊，踩着黑色的高跟鞋在坚硬的石板路上步子如飞，像个冰上的芭蕾舞演员。

她总是舍不得睡下，因担心无法及时醒来，错过了好时辰。

大部分的时间，她在等待光亮中渐渐醒来，又在阳光下睡去，很安心，也很满足。

每天的日子过得很乏味，没有期望。

直到某天，她偶然发现了那只载着孤寂的小船。

晨曦时分，在泛舟的河岸边，划水声引起了她这个一夜未眠之人的注意，循着声响看去，能看到一个男子在晨雾中划着一只小船，双桨娴熟且有力地拍过河面，涟漪一波波扩散开来，像匹匹丝绸在拂动。

男子低垂着脸，一顶灰色的绒线帽遮住了他的眉目。

波纹还没有全部消逝，小船就已载着人成了白雾中模糊的一点。她失落地望着那个方向，感觉熟悉又陌生，她想起某次在某个湖上比赛时，那个让她惊鸿一瞥的男生。

在这个南方的水乡古镇，她的假期快要结束了。

来杭州念书的这几年里，她像个探险家一样，充满好奇地辗转在各个江南小镇，导师说她的画里即使是一片阳光明媚，也氤氲着一种烟雨蒙蒙的惆怅，像冬日初雪的西湖，像断桥上的湖上细雨。

这次，她的速写本上多了一个面目模糊的划船男子。

男子肩扛双桨上岸时，小镇的早餐摊已经开始了，热气腾腾一片。

他以为岸上的那个女孩是在等早点，因为不止一次地看到她匆忙地穿过回廊。他认得她外套上的标志，他以前常去这个学校打球，还在那儿遇见了他喜欢的女生。有那么几次，他想追上前去打个招呼，结果都被自己突如其来的想法给吓了一跳。

多么突兀？

谁会想被一个陌生人打扰，还是个只会玩皮划艇的家伙。

要不是肩伤复发，他这会儿应该还在训练、比赛。然而，事实上过完这个假期，他即将与皮划艇告别。伤病、家里的催促，他必须尽快打算未来。过去那么多年，他的生活只有皮划艇，可是现在没有更好的成绩支撑他去下一场比赛了，他只能带着一身伤病离开他最爱的皮划艇。

因为实在太热爱划船，本该安静休养的他，一个人跑来古镇，租了条小船，每天晨曦时分便划着小船穿过整个古镇，穿过一排排古老的城墙，穿过一座座石拱桥，还有那些各自忙碌、游玩的人们。

那女孩不像是游客，至少不是个合格的游客，因为她总是飞快地穿过人群，转进某个客栈就消失了。

白天在镇上转悠时，他多看了一眼她走入的客栈，却未见她在附近出现，也许她不住在这里，也许她只是刚巧路过……

当一个人在陌生的环境里待久了，会下意识地去寻找和自己相似的人。

他觉得自己很可笑，他真的该回去了，家里催了好多次，教练和队友也等着他归队。他知道这个假期以后，他的人生会彻底改变，这么重要的决定，在这艘静谧的小船上，他用了不到几分钟的时间就下定了决心。

住了半个多月的客栈里，他不到十分钟就收拾好了行李，一个人的痕迹是这么容易被抹去，就像他过往的成绩，转眼间就消失殆尽。

去机场的路上遭遇了点小意外，两车发生了轻微碰撞，不得已他只得下来再拦出租车。他背着行囊一时半会没拦到，正无可奈何时，看到不远处的草坪上刚好有人在拍婚纱照。新娘穿着一袭洁白如雪的婚纱，蕾丝的头纱，曳地长裙在草坪上铺开，新郎牵着新娘的手，摄影师让他们喊“茄子”，新娘立即笑了起来，新郎憨厚地看着镜头，认真地等摄影师按下快门。

他看得出神，心底想起晨曦中那个像露珠一样消失的女孩：深色的外套，白皙的脸，微卷的长发在肩上散开，细细的黑色高跟鞋，踩在石板路上是那么清脆，那么摄人心魄。

一直没有出租车经过，虽然时间还剩很多，可老这么等也让人着急。这时，一个骑着“小电驴”的女孩经过并回头看了看他。

她摘下头盔的一瞬间，他简直难以置信，是她，那个像露珠一样消失的女孩。

他怎么也没想到，会在路上邂逅她。

“这里很难拦到车的。”女孩说，“我载你去。”

他看着小电驴，笑了。

女孩敏感地意识到被人取笑了，忙为小电驴辩护起来："它虽然看着不起眼，但起码不会让人误了航班。"

他没再迟疑，坐上小电驴的驾驶座。

女孩坐在后面，一路上指着路线："这条路近，能节约时间……你的驾驶技术不怎么样啊，我应该跟房东说把船划过来。"

他听得又好气又好笑，没有跟她抬杠，说："你确定这条路更近吗？"

"嗯，这里我熟。"女孩非常肯定地说。

在简短地介绍了彼此后，他说："我经常去你的学校打球。"

"你是皮划艇队的，我可能听说过你。"女孩说。

对于被听说，他并不意外。

他跟她说起了退出皮划艇队的决定。

她沉默地听着，问："为什么，不会舍不得吗？"

"如果带着伤痛，看不到未来，你还会继续坚持下去吗？"

她沉默不语。他立即转开话题，问起了她。

她说自己过着半隐居的生活，一到假期就这样，每天晚上都坐在画布前彻夜工作，她计划和同学去参赛，准备了充足的参赛作品。

"所以，你是在闭关'修炼'？"他笑着说。

"呵呵，每天工作到早晨，听到划船声就休息。"她说。

不等他说话，她指着左前方，说道："到了，快去，时间还够。"

他摘下头盔还给她，说：“我不知道要怎么谢谢你……”

“没时间了，快进去！”她比他还着急。

这时，他的手机响了，是催他回去的人。

他问：“比赛场上能见到你吗？”女孩点点头。

一转眼，她骑上小电驴走了。他怔怔地站在原地，在川流不息的人潮里望着那个熟悉的身影，又一次，她像露珠般消失了。

“后来他们有见过面吗？”女孩问她的同伴，巧克力奶昔推到一边，眼神充满期待。

“也是巧，再见的那天是元宵，燕山喜欢辛弃疾，找了个做手工折扇的师傅，把辛弃疾那首《青玉案·元夕》的词手写在纸扇上，并且送给了她。”

“听说，后来他们是在一起了。”

“那不是很好？”

“好什么呀，没等到毕业就分手了。”

满是期待的眼神骤然有了一层阴影，女孩的眼睛眨了又眨，问：“为什么呀？”

我放下书抬头看了看她们，两个背着双肩包的女孩，一个留着中长发，一个卷曲的波浪发都染成了咖啡色。穿着也一样，上身是牛仔衣，下身是曳地长裙，若隐若现一双白球鞋，不知是不是今年最流行的穿法。

两人的同伴，也是两个打扮入时的男生，背着运动双肩包，拿来蔬菜沙拉给她们。

飞机误点了一个多小时，我在机场的餐厅里吃了碗面条，中途又去买了巧克力和蓝莓口味的松饼。

我忽然想起来，刚在离家上千公里外的城市度过了元宵节，这里节日气氛全无，人们只是像往常一样过着周末。

一个小男孩从巨大的落地玻璃窗边走到他母亲的身旁，绘声绘色地说着他看到的风景。他母亲认真地对他说："你还可以多看一个小时的风景，因为飞机误点了。"周围的人轻轻地笑了起来，男孩高兴地又跑回到落地窗前看了起来。

那两个女孩在餐区逛完一圈后，谈论起刚才的食物。

卷发女孩说："早知道，我也点碗面，你那碗面不错。"

"跟你说分着吃，你又不肯。"中长发女孩嗔怪地说，"刚才谁说不吃的。"

"再过一个小时，家里都开饭了，飞机还没来。等赶到家，只能吃夜宵了。"卷发女孩一撇嘴，示意同伴去看那两个正在打游戏的男生。

中长发女孩的神情突然变得神秘兮兮起来，嘴角笑出一个弧度，说："你猜他们后来是因为什么？"

"嗯？"卷发女孩一时没回过神，愣了一下立刻反应过来，凑过去问，“什么原因？”

皮划艇男生叫燕山，父亲是体育学院的老师，母亲是高中老师，他加入皮划艇队时，家里并不支持。

一辈子都在搞体育的父亲，认为儿子吃不了这个苦，出不了成绩还耽误学业，母亲对独生子寄予了厚望，不希望儿子只是个搞体育的。

燕山反驳：“爸爸是体育学院的老师，你怎么说？”

不等他母亲回答，他父亲生气地说道：“没规没矩，怎么说话的！”

他父亲是个严厉的人，学生们都怕他。

他母亲是语文老师，夫妻俩一直希望燕山考理科专业，对他出国留学很有帮助。

家庭内部经过一场无声的暴风雨后，父母还是对儿子妥协了，他可以继续参加皮划艇训练，不过大学毕业后他要去堂哥所在的学校继续进修。

燕山不止一次反问：“要是我在皮划艇上出了成绩呢？”

他父亲沉默地看着他，那种眼神比用最苛刻的语言更让他受伤。

燕山在小镇认识的那个女孩叫伍芸，他在最后那场皮划艇比赛上看到了岸上的她。那时，她戴着一顶草帽，脖子上围着一条湖色的丝巾，十分赏心悦目。伍芸看到他，只是怯怯地点了下头，那么远的距离，或许他并没看见。

事实上，燕山不仅看见了，在人群稀稀落落的岸上，她像个刚好路过看热闹的人，与呐喊助威的人们完全不同。

看到她的那一刻，他忽然感觉到父母的担忧是对的，他长期忍受着肩伤和韧带的伤，他本可以像其他同学那样，去去图书馆和教室，约女生看个电影，偶尔吹嘘下比赛成绩，轻松地过完四年的大学生活。

但是，他的休闲时间太少了，为了训练参加比赛，他的世界里除了皮划艇便是自修室。

和伍芸在一起时，他常常说起辛弃疾："我好像，能明白南宋词人那深深的宿命感。"

伍芸默默地听着，一双眼睛瞄了一眼他握着自己的手，他的手掌有些粗硬，大概是划桨留在手上的老茧，手掌很大，也很温暖。

"辛弃疾出生没多久，他父亲便去世了，他是祖父辛赞一手带大的。"燕山沉默了一下，"我爸说我的名字是为了纪念爷爷，可我从没见过爷爷。"

"他不在了吗？"

"嗯，我爸很小的时候他就去世了，家里的亲戚都说我长得像爷爷，脾气也像。"

伍芸笑了笑，说："怎么会，那会儿你的亲戚们也还小。"

“我看过照片，”燕山不好意思地笑了起来，“好像是有点像。”说着，他从背包里拿出了一个长条形的礼盒，外面还系着彩带。

伍芸犹豫着是否要接受他的礼物，因为她什么都没准备，今天也不是什么节日。

燕山把礼盒塞在她手上，说：“你打开看看，不喜欢没关系。”

他说得如此郑重，她不能干脆地退还回去，于是扯开了彩带绳，长盒里是一把折扇，展开看上面写着：

东风夜放花千树，更吹落，星如雨。
宝马雕车香满路。凤箫声动，玉壶光转，一夜鱼龙舞。
蛾儿雪柳黄金缕，笑语盈盈暗香去。
众里寻他千百度，蓦然回首，那人却在，灯火阑珊处。

一把折扇，就这样成了两人的定情信物。

伍芸一个人的时候，会对着展开的折扇发呆。有一天，忽然灵光一闪，她打开颜料在扇纸上作起画来。

辛赞年轻时或在北宋做过官，北宋南渡时因家庭拖累，他被迫在金兵占领区担任亳州谯县县令。闲暇时，他会带着辛弃疾到处游玩，增长见识。金朝恢复科举考试后，辛赞还让辛弃疾去燕京参加科举的同时了解敌情，为反金做好准备。

南宋绍兴三十一年（1161 年），完颜亮撕毁绍兴和议，率领六十万金兵大举南侵。

那年，辛弃疾刚满二十一岁，在济南山区率领乡亲抗金，权衡形势之下，他带领乡亲投入耿京麾下。他负责起草全军书檄文告、掌管大印，为了扩大义军的实力，他说服麾下拥有千余义军的和尚义端投奔，谁知被和尚义端盗取大印叛逃。

耿京因此大怒，要杀了辛弃疾抵罪。

为此，辛弃疾并没有惊慌，而是向耿京立下军令状请求三日期限内追回。

辛弃疾料定义端盗取大印是为了投靠金人，于是迅速向金营方向追赶，果然在半路上追上义端，夺回大印，清理了门户。

采石矶大战，完颜亮被宋将虞允文击溃，不仅兵败，生性残暴的完颜亮在退守瓜州时还被部下所杀。金兵遭此变故，阵脚大乱，这时辛弃疾便极力向耿京建议，这是抗金复国的好机会，争取宋廷的支持，互相配合，全面反攻。

耿京采纳了辛弃疾的建议，派了一队人马去南宋接洽，辛弃疾也有同行。

当时，赵构人在建康，接见了这些人，官职和赏赐不少。谁知，在这行人离开时，叛将张安国杀了耿京投降金人。辛弃疾得知后不计一切代价要铲奸除恶，于是，率领一支只有五十人的骑兵队前往金兵占领区——知州，闯入到五万金军营地，将张安国押了出去，一路高喊“王师五十万大军正杀过来”，张安国的手下原来都是耿京的义军，一听立刻追随他们杀出金营，昼夜兼程，一众人马返回建康。

叛将张安国，最终被押回临安斩首。

伍芸作画时，满脑子想的都是燕山对她说的这些关于辛弃疾的故事。

能在历史上留下名字的人，哪怕只是微不足道的名字，在当时一定也很有名。这么一想，她倒是升起了几分忧伤来。

燕山说过，南宋文人的诗作里都深藏着这种宿命感，一种“将要尽了的”伤情。

细思量，她又想，他是在说文人的诗作，还是他们之间的事呢？

认识燕山之前，她只是个会画画的女生，对一切美丽事物都心生好感，就像记忆中的他，在晨雾中的河流上，他划着小船飞快地穿过，只留下水声作响的美好。

她也知道“蓦然回首，那人却在，灯火阑珊处”的生动和美好，百转千回，还能找到喜欢的人，是人世无常的那一点点温柔。

燕山很少对她提起毕业后的去向，有次她去皮划艇队里找他，队里的几个男生看见她来，客气地告诉她燕山在教练办公室谈话，一转眼，便一哄而散了。

她猜想，燕山是不是在说退出皮划艇队的事。

吃饭的时候，她把画上画的折扇拿给他看，燕山拿在手上端详了好一会儿，说："画中的场景我好像在哪儿见过。"

她轻轻一笑，说："就是你划船的那个古镇。"

燕山摇了摇头，指着纸扇上的云月与山树，说："我梦见过采石矶大战的情形，你相信吗？"

伍芸愣住了，问："像画上的？"

他点点头说："苍茫一片的暮色，很冷，河水结了薄冰。"

伍芸想起的却是晨曦之中的他，戴着皮手套，帽子底下露出几簇头发，鼻子和脸冻得发红。她不知道要怎么接话，燕山这个人有部分像是留在某个地方，喊不回来的，她岔开话题说："这字写得真好看，没想到你还练过书法。"

燕山沉吟了一下，含糊地说："我让一个朋友帮写的，我不会。"

伍芸只是点头，听来觉得怪怪的，她忍着不问，两人毕竟相识不久，他从来没问过她别的。

燕山对她来说像个谜，让人难以猜透又想要继续猜下去，认识他以前，她只是听说过皮划艇，觉得又酷又新鲜，她憧憬着在岸上替他加油，她想去他的比赛地写生。

"我退出皮划艇队了。"燕山放下筷子，在等她吃完。

"嗯。"

"晚上和几个朋友聚一聚，都是特别粗糙的汉子，我先送你回去吧。"

"嗯。"

起身离开餐厅时她一直在想，为什么不可以一起？她不介意的。

“后来他们就这样分手了？”卷发女孩把行李给其中一个男生，男生放上行李架，在她身旁坐下。

中长发女孩在平板电脑上浏览信息，过了一会儿，肯定地点点头，说：“看来是的。燕山退出以后还参加过一次比赛——赞助商的广告活动，推广水上游乐项目之类。很多人都去了，但没看到现场照片里有伍芸，伍芸的社交空间里也没有任何动静。”

登机后，我发现我的座位恰巧在那两个女孩过道对面的位子，因此继续听着她们对这段别人感情的八卦。

忽然，卷发女孩拍了拍身旁的男生，问：“你跟他还联系吗？”

男生摇摇头，说：“燕山留学后，跟谁都很少联系了。”

卷发女孩“哦”了一声，对中长发女孩说：“我当时去皮划艇队里找过他，见过燕山的真人。”

“跟照片上比起来怎么样？”中长发女孩的声音提高了一些。

跟燕山是队友的男生，无奈地摇了摇头，说：“燕山当时刚跟女朋友分手不久，一个想去日本，一个想去欧洲，想法本来就差得远，在一起时也经常吵架。他带伍芸来队里，我们还以为……”他瞄着女友警告式的眼神，搔着脑袋笑了起来：“就是有点儿奇怪。”

中长发女孩做了个鬼脸，对着身旁的男友摇了摇头。卷发女孩忽然问："燕山的前女友，是不是会书法？"

"是的。"男生系上安全带，戴上耳机，不打算再谈论了。

飞机在机长说完一堆话后开始滑行，我戴上耳机看着窗外，想到南归后的辛弃疾并未得到重用，他带领的一万余义军被解散，他本人也作为南下的流民安置在淮安各地。

采石矶大战后的第一年，赵昚即位，赵构做了太上皇。即位之初的赵昚，为了给岳武穆平反，主张抗金收复失地，就把被秦桧贬黜流放的主战大臣悉数召回，准备北伐。

南宋隆兴元年（1163年），宋军出师北伐，在短暂的告捷后，收复了淮河以北的部分失地，朝野上下为之鼓舞。随后，因主将邵宏渊与李显忠不和，原本在宿州夹击金兵，邵宏渊按兵不动，使得宋军在符离战役中溃败。北伐受挫，主和派卷土重来，赵昚一改主战立场，签下更加屈辱的"隆兴和议"。

辛弃疾南归的最初十年，便是在这样的局势下度过的，不受朝廷重用，更无权参与军国大计。在他为官的二十年里，主和派将他在地方上调来调去，从未委以重任。他渐渐有了归隐之念，被罢官后干脆隐居去了。

"咦，你看这张照片！"卷发女孩拿给男友看，他装睡打呼噜。于是，她把中长发女孩推醒，"是不是很眼熟？"

中长发女孩刚醒过来，打了个哈欠，盯着照片看了一会儿，说：“伍芸的更新？怎么背景跟燕山最后更新的那张照片那么像？”

两个男生隔着中间两个女生，挤了挤眼，摇了摇头。

机窗外，已经能看到城市的灯火，我想了想回到家要弄点什么吃的。

旅途中，再远，再美，也没有回家时的心情美好。

而别人的感情，再曲折、再地动山摇，也不过是别人的事情。

花满市，月侵衣

自从烟花爆竹声渐渐远离除夕以后，元宵节的灯也变得不那么重要了。

前两年，走在街上还能看见大人带着孩子拉兔子灯。现如今，都没看见过了。

我小时候，也拉过兔子灯，是精于木工的外公亲手做的。我和几个亲戚家的小孩子抢着要拉兔子灯，兔子灯正中心插着半支蜡烛。后来，这种用竹片和彩纸制作的兔子灯少了，不知道是担心有安全隐患还是为了省时、省力，市面上现在全是装了电池的千篇一律造型的兔子灯了，但小孩子们依然玩得很开心。

如今，元宵节的晚上连拉电池兔子灯的小孩子也看不到了。

前，看着附近从居民区出来遛狗的人，有一对

小狗引来了许多人的围观。

天要花很多精力照顾吧？”

们了。”

一样大吧？”

起，三只小狗互相打闹着，忽然来了一只长腿

狗们立刻跑到中年夫妇身后躲了起来。另一边，

阿拉斯加犬欢快地要跟苏俄猎狼犬打闹，立刻被

知自家的阿拉斯加犬淘气程度不亚于哈士奇。

着取暖器的日子，站在街上反倒不觉得冷，我看

便买了点小点心在店里打发时间。

总聚集些花式买卖房子和天价交易的顾客。靠里

，不过也是最喧嚣的，我怀疑坐在里面聊天的人

彼此的声音。

的位置，座椅没那么舒服，相比之下清静很多。

制作的日程表，元宵节的这一天我在上面输入了

鸪天·正月十一日观灯》：

巷陌风光纵赏时，笼纱未出马先嘶。白头居士无呵殿，只有乘肩小女随。

花满市，月侵衣，少年情事老来悲。沙河塘上春寒浅，看了游人缓缓归。

南宋的词人里，辛弃疾的词以沉雄豪迈见长，姜夔的词则如幽幽冷香。姜夔不仅擅长填词，还精通乐理，也能自度新曲，在艺术表达上自有独到之处。

要说精通音律者，北宋词人中有柳永、周邦彦，南宋则有姜夔、吴文英。

宋词的创作，越往后越让人不胜唏嘘，那么美好的音律随着时间慢慢就没有了。

如果说失去音律的宋词，成了案头的优雅的遗憾，那么在逢年过节时，揣摩几句古人的诗词倒让人生出几分感怀来，那些诗词里的意境就犹如隔着浓雾遥想不可得的桃源之境。

常常听人感叹，一年的时间过得太快，什么感觉都没有，又到年底了，想想也怪吓人的。另有一些人认为，因为缺少生活仪式感，又太依赖网络，熟悉的人也变得虚拟了。

生活在南宋的词人姜夔，在写下这首词时是否是在临安闲逛想起某个年轻时恋上的女子，不得而知。能知的是，浪迹天涯的岁月里，他写下了不少怀恋某个女子的诗句。

文人的感怀，既伤感又薄凉。

南宋时期，正月里可与元旦相比的一个节日是元宵节。元宵节，在道教中被认为是天官赐福的上元节。

南宋的元宵节活动自正月十五开始，持续到十六晚上结束。凡热闹人多的地方，皆点巨烛、松柴照路，黑夜亮如白昼；又有大量兵卒巡逻、站岗。临安城内悬挂灯烛主要集中在三个地方：一是在皇宫里面，在复古、膺福、清熙和明华各殿装饰灯会，供皇室成员观赏。二是在宣德门、梅堂、三间台悬挂的灯会，供临安城的百姓欣赏。三是三竺佛寺，往往是宫里或达官显贵赐赠的漂亮灯饰，引各路人前往观赏。

姜夔有诗云：

灯已阑珊月色寒，舞儿往往夜深还。
只应不尽婆娑意，更向街心弄影看。

南宋时的灯会不仅有官方举办，民间私宅也有不少。家家灯火，处处管弦，甚至深坊小巷，都被装饰得奇巧华丽，直到正月十六夜晚才收灯散去。

对于爱美也爱美食的南宋人，姜夔有诗两则：

珠络琉璃到地垂，凤头衔带玉交枝。
君王不赏无人进，天竺堂深夜雨时。

贵客钩帘看御街，市中珍品一时来。

帘前花架无行路，不得金钱不肯回。

令人遐想无边的是，灯会散去后，可以手持小灯照亮路面捡拾地上遗落之物，赏灯最多的地方往往能捡到用珠子、宝石做的耳环。

当我沉浸在这古老情景中时，一个拿着文件包的女子坐到我对面，她拿起手机又放下，显然是没电了。店内有电源插座的位子，早就被人占满了，有两桌人因为电源插座的事还发生了口角，店员正在旁边劝说。

那女子仿佛承受着巨大的压力，她抓着手机的指节泛白，嘴角不自然地绷紧着。

“我有充电宝，这个你能用吗？”我说。

她惊讶地瞪大了眼睛看向我，非常感激地说：“好，这个……可以用的。”于是，她把手机电源线接入我的充电宝，线的长度刚好够。她努力地笑了笑，抱歉地说：“我有个非常重要的电话，必须马上回复，开完会忘记把充电宝带上了。”

我笑着点了点头，在周围都是休闲装的人群中，她一身西装，脚踩一双高跟鞋的装扮显得有些格格不入。短发整理得一丝不苟拨到耳朵后面，只是眼角的眼线有些花了，让她看起来显得很疲倦。

“过年以后一直在出差，今天才回来。”她一边说，一边拨着手机上的号码。

我很想说充电的时候打电话不太好，但是看到她拿出一沓文件，飞快地发着邮件，我便没有再多说什么。很多人因为拼命地追赶时间，明知道养成的习惯对自身健康不利，也很难去改变。

这时，她从手袋里拿出一双平底鞋，换上。

“这样好多了。”她说。

“是啊，你拿着东西还穿高跟鞋太不方便了。”

她立刻笑了，这次笑得自然而轻松，说：“我以前常常穿着高跟鞋就上飞机，能少带一样东西就少带一样，穿一整天也能坚持下来。”

“这是真本事啊！”

她笑着坐直了一下说，她叫溥溦，在外贸公司任职，是外语系毕业的，精通英语、法语。

“今天刚签下一个独家代理，后天的日程必须立刻安排，总部的人要来，所有的事我都要跟进。本来以为过完元宵节才开始忙，但欧美那边都在工作，找不到你人就一封封邮件发给你，看也不是，不看更不是，就怕出了纰漏……”她一边说一边摇头苦笑。

“看了就要马上回邮件解决，他们不管你是否在休假，但如果是他们休假，十万火急的事情也找不到人。”我深有体会地说道。

“对，是这样！”溥溦眼神一亮，笑得很开心，人也比之前放松了些。

一说起工作上的事情，她便打开了话匣子，十指如飞地一边敲击着键盘，一边说：“这个美国代理，他的老婆或者是女朋友要生孩子了，他开始休产假，正是忙得要死要活的时候他来这出，还发邮件给我们项目组，说他不在公司，邮件来不及看，要我们这边的人帮他查看邮箱，然后写邮件告诉他。你让我说什么好？”

我相信多年职场的打拼，溥微早就练就了一套不喜形于色的处理方式，这样的要求在一个对细节都要追究相关责任人的公司内，等于是送人入火坑。我叹了口气，说：“可是有时差啊，就算想帮忙也不能及时帮上呢。”

溥微一拍手掌，笑着喝了一大口咖啡，说：“确实，我当时气得脑子一片混乱，他不去找他的美国同事帮忙，发了封邮件找我们这边，我们项目组的工作量一直是超负荷运转的。如果老板来说，我会马上回绝。”

“后来怎么样？”

“邮件是发到项目组的，总监去跟老板开了个会，然后这件事就过去了。”她露出一个狡黠的微笑。

“怎么拒绝是门艺术，但不能因为怕事就忍下来，这不是息事宁人，因为下一次肯定会变本加厉。”

“嗯。那边的人会以后都这么做，谁都可以这么操作。”

我和溥微隔着桌有一句没一句地聊着，她的手机已经充满电，她收拾好桌子上的文件，发完邮件后问我：“介不介意一起吃个夜宵？我知道百货大楼里有家不错的餐厅，今天多亏了你的充电宝。”她拔下数据线，将充电宝还给我。

我看了看时间，不算很晚，说："好呀。"

她拿起包走在前面，踩着平底鞋健步如飞，回头笑了笑，说："在二楼，我喜欢那家店的鱼汤，晚上加完班就会来这里喝。今天是元宵节，家里没有汤圆，就喝鱼汤吧。"

"我喜欢吃芝麻馅的汤圆。"

不知为何，看到溥溦脸上的笑容，我想起古人以乐景写哀情的手法，觉得心里一揪，她笑容背后似在极力克制心中的悲伤，眼神中有着无法掩饰的悲伤。

溥溦点了她最爱喝的小黄鱼汤，我点了份海鲜面。"过年过节时，我特别喜欢满桌子的菜肴，吃不完看着也开心。"她说。

她很客气地坚持买单，说："谢谢你陪我吃饭，我家人都在国外。"

我笑着不知该如何作答。平白无故让人请客，心里感到很不安。

"平时，我都是工作餐，顿顿丰富到腻，还有喝不完的酒，一杯接着一杯，每次都人仰马翻的。说实在的，我宁可坐在这里喝碗鱼汤，然后满足地回家睡觉。"

"你住在这里？"

"嗯，租了个公寓在这儿。两个月前从亲戚家搬了出来，还是自己租房子好。"

"自己租，自由。"

"不仅自由，还没人来烦我，当老妈的眼线。"溥溦喝了一口端来的鱼汤，享受地赞叹了一下，"房租我能负担，难得清静。

老妈什么事都要替我安排好，还要我辞职去她那里工作，可我一点儿都不想，宁可每天累死累活地工作。”

我不知道她是叛逆期没过，还是为了反抗过于强势的母亲。

有那么一刻，我觉得她的压力不仅仅来自家庭或工作上，还有她对自己的高要求。

一旦开口说起某件事，她会语速极快地说完，然后立刻转到另一件事上，还会说到一半忽然刹车，说：“我一说起来就没完没了。”

我说：“你很优秀，名校毕业，工作也很出色。”

她礼貌地笑了笑，嘴角不自然地绷紧，忽然看着我，问：“我是不是什么都写在了脸上？”

“每个人，都会不自觉地把情绪流露。”

溥澂若有所思地点了点头，她毕业于市三中，高考后出国留学，她的母亲希望她留在国外发展，给她规划好了未来。她刚念大二的时候，母亲就给她介绍了个医生男友，两人交往了一段时间，友好分手了。毕业前，她与同校的男生交往，母亲见过那男生后，觉得男生的家庭太普通，只不冷不热地敷衍了下那男生。

随着她回国发展，她与那男生也分了手。

她说：“以前我以为是在反抗老妈，现在想想觉得自己很可笑。因为当我真的要做什么的话，老妈并不会强烈反对，她反而会问我，你要是认为这样好，那就这样吧。其实，想来都是自己的问题。我没有很喜欢过一个人，至少没有真正爱上过一个人，我体会不到那种爱上的感觉，所以我觉得恋爱不过如此，有趣的事更是寥寥。”

“可你重视节日啊。”

她忽然一笑，说：“我喜欢热闹的感觉，看着别人忙碌的样子，好像自己也能沾点喜气，而不是……不是……”

“不是高处不胜寒？”我开玩笑地说。

她苦笑地摇摇头，说：“我喜欢制订计划，然后照着严格的计划来完成，我也不知道什么时候有了这个习惯，这让我觉得安心，可也很乏味。”

我觉得她需要休假，但见她不时地查看邮件和手机，想假期并不适合她。确实有很多人看似在休假，但状态仍然是在工作中。她，会是这类人。

“我的好朋友去世了，就是最近的事。”她紧紧地抓着手机，屏幕亮了又暗了，她说，“就在上个月，我们还约好一起去欧洲玩，我积累了很久的假期，她终于换了一份喜欢的工作，计划在去新公司报到前好好玩一阵。我特别开心，这么多年终于要放肆地去做一件完全计划之外的事。”

她捧着茶杯的手颤抖不已，仿佛还未从悲痛中醒过来，继续说着：“从她拿到体检报告到她去世仅仅半个多月的时间。她甚至不打算告诉家里，她说没人会在乎，她的父母各自有自己的家庭，这么多年她一直靠自己，上大学时同时打三份工，虽然有奖学金，但她还需要给她的母亲寄钱，好给妹妹支付学费。她常说，生活对她从来都很难，她参加高考那天发高烧，高考结束后大病了一场。她的父亲，不仅没有关怀，反而问家里的钱是用来治病还是付学费，她伤心地说学费自己会想办法。大学毕业找工作，第一年租房，被坑了很多钱，去公司面试时都没钱买合适的职业装。现在总算收入稳定了，她决定换个工作来休个长假犒劳下自己，没想到的是时间却没有了。”

她翻着日程表，对着屏幕发呆。

餐厅里安静极了，连服务生都好像是刻意放轻了脚步。

“生死都那么突然。”我寻找着合适的话，不想让气氛太过于尴尬。

溥澂也许是头一回说起这件事，她每说一个字，声音中的颤抖就增加一分。溥澂翻到手机上的一张照片，说：“这是朋友的男朋友，朋友去世后，所有的事都是他一个人料理，但是很多手续上的事需要出具证明，他们还没结婚所以无法办理，联系朋友的家里人却都不想管，下葬那天只有朋友的妹妹来了，她才刚念高中。”

照片上，是个瘦弱的男子，眼神充满疲倦和哀伤。

“我很羡慕她来着，她说遇见男朋友的那一天，谁也没看上对方。她觉得他是个无聊又嘴损的男人。后来，她加班的时候经常能够看到他。不管她加班到几点，那个男人也加班到几点，她想他是不是吃错药了，下班不赶着去约会、去陪女朋友，在公司这么耗着又没加班费。”

“后来因为什么？”

溥溦轻轻一笑，说：“还不是男朋友帮她打跑一个图谋不轨的人。那人是楼里其他公司的员工。她工作的大楼，一到下班周围就没什么人了。那天，她一个人下班，电梯到中途忽然进来一个陌生男人，对方见她一个女孩子，就开始对她动手动脚。她吓得把电梯的楼层全按了一遍，恰好第一个门打开就是他。两个男人立刻打了起来，对方被打跑了，朋友想就这样子算了，他却坚决不同意，第二天从保安处调取了监控录像后直接找了那家公司的老板。后来，那个图谋不轨的“登徒子”被送去了警察局。”

说到这里，她的眼角微微弯起继续说：“她说从来没有人关心过她，每次都要撞得头破血流才能获得。两人成为男女朋友后，她才知道这里面有个误会，他当时加班不是为了陪她，而是家里来亲戚了，所以他撑着能多晚回去就多晚回去。替她打跑那个‘登徒子’的那晚，他其实是被逼着去亲戚家相亲，因为不想去半途溜回公司加班的。我曾经问过她，要是反悔来不来得及。她笑了半天，说有点晚了，她好像真的很喜欢他了。”

餐厅要打烊了，我和溥溦拿起外套向电梯走去，她有好一会儿没查看手机信息了，大概是工作上的事暂时消停了。

现在，能认识一个交心的新朋友真不容易。除了工作上的交流，好像没有什么别的了。楼下便利店里的女孩对我说："你加班这么晚回家，路上小心啊！"替我着急终身大事的那些人，每次都要问我几岁，做什么工作，收入多少？突然有人加好友，不是工作上十万火急的事，就是某个不熟的人向你推销网店的产品。看到那些久不联系的人每天刷屏更新日常，像生活在一个魔幻世界，眼花缭乱的……

商场里人很少了，灯也渐渐熄灭了。

"谢谢你陪我。"她突然转过头看向我，嘴角扯起笑容，说："我不喜欢过年过节，可自从好朋友去世后，一切都变了，热闹能稀释悲伤的浓度，在热情里感受冷漠，还是在冷漠中走向绝望呢，我不知道该如何选择……她很喜欢节日时的热闹，那么多的人，看着心里会觉得很暖，以为这个世界上还有很多人关心你，在乎你。要是有事发生，你不是一个人在承担，还有他们……"她深深地叹了口气，沉默了好一会儿，"可是突然之间，那些能为你挡风遮雨的人都消失了，你站在一片空旷的地方，你要一个人走下去，你还有要照顾的人。"

站在大门外，我和她道别，她很客气地说要送我，我说不用："很近，不用的，你也早点休息吧。"

"我忙完这周就休假了。"溥溦看了看握着手机的手，说，"旅行计划不变，我还是会去的，是因为……"

"她很遗憾去不了，你不能有遗憾。"

她点了点头，忽然问："刚才在咖啡店外，我瞄到你在看一首诗，我记得这几句‘花满市，月侵衣，少年情事老来悲’，这是谁写的？”

“南宋的姜夔，号白石道人。”

“啊，是他呀！宋词到南宋以后，婉约感和宿命感更甚，不敢多看。明明是写节日欢庆的，看多了，却有说不出的苍凉。”

大多时候，热闹的喜庆是为了掩饰现实的不幸，那大多需要晒给人看的幸福，也是亟待证明的巧言令色。

古人早就看透了世态的炎凉，在铺天盖地的喜色中斟酌着实际的哀苦。

剪灯深夜语

午后，读着作者生卒年不详的词，心中不禁感到惋惜。

能留下名字供后世瞻仰之人，没有一个是泛泛之辈，哪怕是看似不起眼的小人物，在他们的年代里要么是富甲一方、权倾朝野，要么是才情出众、卓越他人。

时间的长河，从来对平庸者极为吝啬，惜墨如金。

在春雨绵绵的夜晚，我随手翻开本子的一页，不知是某年某月抄写在练习簿上的一首词，煞是的应景，是史达祖的《绮罗香·咏春雨》：

做冷欺花，将烟困柳，千里偷催春暮。尽日冥迷，愁里欲飞还住。惊粉重、蝶宿西园，喜泥润、燕归南浦。最妨它、佳约风流，钿车不到杜陵路。

沉沉江上望极，还被春潮晚急，难寻官渡。隐约遥峰，和泪谢娘眉妩。临断岸、新绿生时，是落红、带愁流处。记当日、门掩梨花，剪灯深夜语。

乍暖还寒的春，有绵绵细雨的天，让人冷得心寒。出门会不得不撑着伞，小心地避开会溅起污水的石板。

南宋词人史达祖，身无功名，史无传记，一生被零星地散落在各处记载里。他是开封人，长居杭州，屡试不第让他的生活清贫，仕途上的抱负也无处可施。后来他的北伐主张和文采得到太师韩侂胄的赏识，他才被招为堂吏（中书省的办事吏员），执笔一些公文文告。

开禧元年（1205年），韩侂胄任平章军国事，军政大权独揽，开始筹划北伐事宜。他首先要求朝廷追封岳飞为鄂王，并削去秦桧的王爵，改其谥号为“谬丑”（即荒谬、丑恶的意思），从而鼓舞士气。韩侂胄身为魏郡王韩琦曾孙，宝宁军承宣使韩诚之子，力主北伐，起用辛弃疾等主战派，解除“伪学”之禁，委以叶适等道学中人重任，扩大抗金力量。

北伐之初，江州、光州、镇江等地捷报频传，只是后因用人失当，加上四川宣抚副使吴曦叛变，两淮战事受挫，又有人在内部煽动挑拨，使得抗金将领被贬被杀，最终北伐失败。史称“开禧北伐”。

“开禧北伐”失败后，金朝提出要杀韩侂胄等人未果，于是，史弥远勾结皇后杨桂枝及其兄杨次山，趁韩侂胄上朝时将其诛杀，事后奏报宋宁宗。由此，宋、金达成议和。史达祖连坐受黥刑，死于困顿，留下《梅溪词》。

词人的人品，因此事件而被排斥，当时史达祖一时得势“不免借以弄权”，并因韩侂胄北伐失败而“牵连得罪”，这也是不足怪的。

当时，韩侂胄排斥宰相赵汝愚，而以朱熹为首的理学家则大多拥护赵汝愚，因此韩侂胄称其为“伪学”，并进行“伪学”之禁，打击朱熹一派。韩侂胄在开禧三年（1207年）被杀，史达祖因此被牵连获罪。那一年，他四十岁左右，他生前与姜夔、张鉴多有往来，推算比他们小十几岁。

史达祖，在担任韩侂胄的堂吏其间，曾随同使臣出使过金国，这是他一生中的大事，他受命入金观察虚实，他们一行六月启程，八月抵达金朝都城中都（北京），返程途中于九月途径北宋都城东京。南宋人不忘古都，仍称东京为“京”，而这里也是史达祖的祖籍地。在南宋，他一直称自己是汴人，出生在江南的他从未到过自己的祖籍地，现在却以这样的方式相见，因此感怀万千。对于这段旅途，他留下的词作中亦充满了伤怀。

史达祖的生平，只能从零星的记载看到一个轮廓。他大约生于宋高宗绍兴末年，家在南宋都城临安西湖边葛岭一带，他的家人、亲友也大多在那里。他曾一度下狱，家产被没收，人被流放。贬所之地，满目皆是秋日的萧索，曾经青翠欲滴的景象，也只剩下花落叶败的凄凉。

担任韩太师的堂吏时，他也曾啸傲林泉，潇洒隐逸，不时与贵族子弟狎妓饮酒，逍遥快活，与那时许多的文人一样，郊游、游园、宴席不断。看似过得很好，一副不为生计发愁的样子。实则，史达祖写自己身为堂吏时，身着一件当时品级最低的“青衫”也是来之不易。这其中的苦涩带着自嘲，他十年寒窗，考取功名，似乎走了一条“捷径”，可即使是这样一件“青衫”也是费尽心力才能得来。

他被贬途中所写的词作，词情愤懑、激昂，回想所走过的路，寄人篱下，被人误解，表面上过得光鲜，实则依然清贫。

那些看起来美好又热闹的，都是别人的。

他的光鲜，不过是恰好在酒宴上，觥筹交错里装点着堂吏之职的门面。

看着饮料店里来躲雨的人越来越多，我合上了笔记本电脑。

窗外细雨不绝，有位穿连衫帽的行人把脸都藏在了帽子下，擦着手机屏幕跟对面的同伴招手。我感觉有些眼熟，过了好一会儿才想起来是我以前的同学。

她排队买饮料，她的男同伴大概是男朋友，排得无聊就先去找了个座位坐着，嫌不好坐，又换了一个。她端了一堆食物过来，男的指了指我身后的一张桌子，说："那张比较好。"

我想她没有认出我，十几年了，各自的变化都很大。

在学校时，同学们给她取了个外号叫"小七公主"，她喜欢染发、涂指甲油，时常被站在校门口的教导主任逮住批评。学校卫生员检查时，她总是奔到洗手间把头发弄湿，在湿发的情况下头发染过的痕迹不那么明显。尽管如此，她仍然是被重点检查的对象，总是会被班级里的卫生员检查出来，于是，免不了受罚、写检讨。

留堂，对许多"老油条"学生已经失去了威慑力，反而助长了抄作业的势头。一到早自修，班主任联合各科目教师等在教室外抓抄袭，抓到的去办公室挨批，数学老师专门准备了把铁尺，用来打手心，男生皮糙肉厚的被打了只龇牙咧嘴地怪叫，女生则不同，没打两下就立刻哭了。

"小七公主"从不哭，就算被当场抓住，她也绝不说出谁给她作业抄。

她那时短发，单眼皮，喜欢在一本封面精美的笔记本上抄写歌词、诗词和各种名人名句，看过她笔记本的同学都知道她写作文时常用笔记本上的句子，语文老师在全班面前夸赞她，底下的同学就会传递会意的眼神。

我记得她引用过的诗词里，就有史达祖的某一首。

史达祖，真是咏物的高手，风景、静物在他手上皆妙笔生花，给生活枯燥乏味的学生时代，赋予了不少美好的向往。

现在的“小七”留着中长发，拉直后长发光亮地披散在肩上，割了双眼皮，在眼影、眼线的修饰下闪着陌生的美丽。

一坐下，她就拿出皮包里的化妆镜，说妆容花了，那支好用的笔没带出门，问男朋友：“什么时候去香港？”

“去干吗？”

“买东西，上个月就说去的。”

“这里没有吗？”

“那边有折扣。”

“一张飞机票也够了。”

气氛有些僵硬，在人多的饮料店并无人关注。

“小七”拿着粉扑拍脸，看了一会儿，方觉满意。男朋友大快朵颐，所有的小吃几乎都咬了一口，她嗔怪道：“我吃什么？”

“再去买呗。”男朋友把钱包给她，她随即起身去排队。

雨又下大了，躲在窗外屋檐下避雨的路人遮住了一部分视野，那男朋友不耐烦地扔掉手上的炸鸡，打起了电话，说：“钱怎么说，还拿得到吗？什么等等，这么清楚的事，怎么要等这么久？”

“小七”买完把钱包扔给他，等他打完电话，说：“还没解决？”

“嗯，姑丈病故，留下的财产是姑妈一个人的，他们就一个儿子，现在又冒出几个投资合伙人来要债，说姑丈欠他们钱。”

“欠条有吗？”

“什么欠条，又不是借钱，姑丈是帮人做投资，就算这件事是真的，投资本来就有风险，现在人走了，死无对证跑来要钱，你说怪不怪！”

“小七”沉默地点着头，咬着薯条，说：“你姑妈对你很好啊，老资助你这个那个的。”

男朋友发出咕咕的笑声，像被食物卡住了咽喉，投映在玻璃窗上的脸笑得十分开心，说：“姑妈的儿子又不是亲生的，是姑丈前妻生的，而且对姑妈不好。爸妈说姑妈不会把钱给继子，姑丈生病那会，他儿子不见人影，直到姑丈去世他才在追悼会上出现，带着个大肚子的女人，追悼会一结束就问姑妈钱的事，很多人都听见了。”

“小七”叹了口气，说了几句同情姑妈的话，又问：“你姑妈没自己的孩子？”

“她心脏不好，所以没生，姑丈已经有孩子了，那时他们条件一般，再生个孩子太麻烦了。”男朋友戳着饮料杯内的碎冰，拿过一叠纸巾擦手。

“小七”见了，佯装生气地说道：“也不给我留几张。”

她从包里拿出湿纸巾擦了擦手，随即说起了旅行安排，男朋友埋头吃着，哼哼唧唧地点了一下头。

两人的说话声被店内的音乐声给淹没了，我只能烦躁地看着窗外的人。

天空很暗，混浊灰黄，一只穿着马甲的小狗欢快地走着，身后的主人慢吞吞地跟在后面走。

“小七”对男朋友说她很喜欢下雨天，烟雨蒙蒙的风景，看起来很浪漫。

她的男朋友，噗嗤笑了一声，觉得她不可理喻。

她托着下巴，安静地看着窗外，玻璃窗上映射出她好看的影子，于是，她拿起手机飞快地拍下一张。

男朋友忽然放下手机，说：“这些投资人很可能是姑丈的儿子找来的。”

姑丈的儿子，去澳大利亚念书时给自己取了个英文名叫戴维。

家里本来出钱让他在当地买房定居，不过他嫌打工太辛苦，执意要回来，姑丈便同意了。

回国后，他递了很多份求职简历，虽然没混到个像模像样的学历，但仗着会一口澳大利亚口音的英语，找到了一份还算体面的工作，是给一个同样在澳大利亚生活过的老板打工。

姑丈见儿子工作稳定了下来，便张罗起结婚的事。

姑妈对继子的终身大事说不上什么话，嘴上迎合地说好，心里打定主意不管这事。

姑丈那边的亲戚暗中怂恿说，儿子要结婚了，钱上的事趁早算清好，反正将来也是要给儿子结婚用的，不如早点给了。

姑丈与姑妈结婚时，家里只有一台半旧的彩电，靠姑妈省吃俭用买了辆自行车给姑丈上班用。单位效益不行了，两人双双下岗，戴维那时还小，对家里捉襟见肘的情况没什么记忆，但他一直记得继母对钱非常抠门，他要零花钱去小卖部买零食，继母嘴上说答应，但从不给他，父亲有时会偷偷塞点钱给他。

姑妈接了很多零活回来做，还找了部小拖车摆摊卖小吃，跟姑丈两人每天一大早去卖早点。后来，见大学门口生意不错，两人干脆从晚上一直工作到早上。这样的日子辛苦又不安，随时要提防摊子被清理掉。

还好的是，一个月下来，收入还不错。

经济上渐渐宽裕，姑妈便答应了姑丈送儿子去澳大利亚念书。

戴维离家念书时没想什么目标，不像他的很多同学一个个壮志在胸，拿着奖学金去留学。他知道自己不是读书的料，也吃不了苦，赶上出国潮，家里又有钱送他出去，他当然想走。出国，生活上的不适应让他感到极度郁闷，语言上的问题让他处境孤独又迷茫，眼看差不多时间来的老同学一个个学有所成，有的结婚定居，有的找到不错的工作，好像只有他还是跟来时一样，打着零工，学业无成。

家里定期给他汇钱，生活上他没法大手大脚，不像在国内一堆狐朋狗友，他在澳大利亚的这些年见过的羊比人多。姑丈知道儿子在澳大利亚生活得不开心，跟他说想回来就回来吧。

姑妈觉得继子被宠坏了，家里一堆亲戚都说还是回来好，家里有照应，一个人在外生活毕竟苦……她心想，要不是知道家里这几年各处投资赚了钱，戴维会回来？丈夫家的亲戚背后一个劲地劝说，钱将来都是戴维的，不用这么拼。她气得不得了，这钱明明是他们结婚后，她拼死拼活赚回来的，丈夫哪里有什么心思起早贪黑摆摊，更别说炒股票的眼光了，家里的经济状况是她苦心孤诣经营的，那群看不惯她的亲戚竟在背后挤兑她！

姑妈跟娘家人的关系一向冷淡，她嫁给一个离婚带着孩子的男人，父母以断绝关系逼她，她还是要嫁，所以婚后干脆不往来，逢年过节也不走动。这几年，在兄弟姐妹的帮助下，她和父母化解了矛盾，出钱出力贴补娘家人。

丈夫知道后很不高兴，家里的钱由她掌握，他质问："你还有什么要拿到娘家去的？"

"我的东西，不能拿？"

戴维归国后，经常听到父亲和继母为钱吵架，他当时有个谈婚论嫁的女友，婚房是套老房子，面积比较宽敞，交通便利。女友认为结婚不该住老房子。他觉得自己受了委屈，问父亲："怎么什么都让她一人决定啊？"她指的是继母，他只在年幼时叫过她几声“妈”。有亲戚跟他说嘴巴要甜一点，在继母的手下才有好日子过。他记住了，继母从未打骂过他一次，他考砸了，继母会在一旁劝他父亲：“打也不管用，下次再接再厉。”从心底里，他并不讨厌继母。虽然他和继母没有半分亲情可言，但比起他生母，他心里会觉得继母才更像母亲。

从澳大利亚回来后，他和继母站在了完全对立的位置，而父亲的身体每况愈下。父亲去世前，钱的事没有处理好，不知是继母拖着，还是他父亲的问题。

不知什么原因，一直到死，父子俩没见上一面。因为这件事，亲友们目睹了戴维的冷漠，那些劝姑丈财产转移的人见事情没成功，倒过来都帮姑妈说话，斥责戴维没有良心，继母对他多好，不是亲生的儿子都花钱供他出国留学，不断汇钱不说，回来结婚还帮他准备好了婚房，亲生儿子都未必有这样的待遇……

“你姑妈太不容易了。”听完男朋友说的，“小七”缓缓地说了句。

“我妈说，戴维的脑子不打弯，想不出来招儿。亲戚们都说，是戴维老婆出的主意，当初嫁给戴维就看中他家那几套地段很不错的房子，他们结婚住的那套后来拆迁，拿到了一大笔补偿款，这还不知足，还天天惦记着姑妈手上的钱和房子。”男朋友说道。

“戴维夫妻俩，会赢吗？”

“现在还不好说，我拜托几个朋友介绍律师问问。戴维估计也问过律师，知道他和姑妈打官司赢面不大，才想出这么损的一招。好在没几人看好他，连亲爸病重过世都不去看一眼，他们都说戴维狼心狗肺。”

“你姑妈人真不错，上次吃饭时硬要送我一支口红。我后来查了查价格，贵。”

男朋友抬高下巴，说：“我姑妈对别人都很大方，对我真的很不错，我说要出去玩，她便偷偷塞钱给我。我爸妈说今后要照顾她，接她来家里住……”

“你家住得下？”

她男朋友笑了一声，反问：“你觉得呢？”

“小七”哦了一声，明白了他的弦外之音。

我猜想她男朋友的意思，以他姑妈的状况不需要人接济，有个人照应倒是不错，大概是他们全家会搬去姑妈家住下，把房子让出来给儿子结婚。

雨没有停的迹象，男朋友吃完了桌面上所有的东西，“小七”问要不要再去买，他摇头说：“我们走吧，晚上姑妈请客吃饭。”

“怎么不早说？我现在要赶去跟朋友见个面，问问打官司的情况，晚上好跟姑妈说。”

说着，两人起身往外走。

“小七”经过我的桌子似乎停了一下，随即跟上男朋友的脚步，离开了。

两人经过玻璃窗外时，我与“小七”相视对看了一眼，她很快转开了视线。

真是奇怪，即便是当初不熟的老同学，某天遇见，也有一种无法相认的隔阂。门口不断有冷风吹进来，有不少拿着伞的顾客把伞装在店里准备的塑料袋里，点了热饮坐在位子上等雨停。

天更暗了，夜幕落下，店里有些幽静。

服务生拿起修剪过的梨花枝，装在扁壶内，边上的瓷瓶里还插着杨柳枝，有两个女生正站在边上等拍照。

蒙蒙细雨，点点情怀。清新的花儿，像是夜晚的细语呢喃。

词人的半生，荣华也好；普通人的半生，琐碎、碌碌无为也罢。

人心，总是会寻找出一条最贴合自己的路，一直一直走下去，不回头。

卷三

凄凉一片秋声

骑自行车爬坡，是件特别费体力的事，尤其是对不怎么会骑车的人来说。

我推着小黄车上坡，任凭被从身边飞驰而过的路人取笑，反正租这辆小黄车最关键是减轻背包的重量，而不是非要人骑到上面，更何况我还不咋会。

天未亮时，天上飘过一阵蒙蒙细雨，所以地面有些湿滑，不过太阳一出来，路面很快就干了。一个在前面骑车的女孩，突然停下来检查自行车的链条，这时后面路过的一个男孩停下来问她：

“要帮忙吗？”

女孩头也没抬，摇头拒绝。

男孩骑上车走了。

等我经过那女孩时，她抬头看了我一眼，问：“你是来找沈阿婆的吗？”

“嗯？”我看着她说，“不是。”

“哦，不好意思，我上次听沈阿婆说有人要来，应该就这两天。”她检查完自行车的链条，拿了张湿纸巾边擦手边说，“最近天气不好，山上也没什么住客，我以为你是来找沈阿婆的。”

与那女孩别过后，我继续赶路。

我再回头看的时候，发现那女孩落在后面一大截，她不时停下来与熟人说话，表情凝重。刚才那个男孩又绕了回来，把她车上的包背在身上，两人一前一后地推着车走着。

我到了山上住宿地，同伴杨婷正在打电话，她对我指了指楼上的房间，我穿过前厅与客栈老板娘点头笑了笑。

老板娘很是热情，热络地说着：“天气总算转晴了。”

“是啊，空气也不错。”我看了一眼沙发上坐着的一位白发苍苍的老太太，老太太看着约莫有九十岁了吧，她听见说话声抬头看了下。也许她听不清，只是习惯地看一下。她就这样沉默地坐在秋日午后的窗边，阳光中的尘埃飘飘荡荡，宛若尘缘未尽。

杨婷打完电话进来，拉着客栈老板娘小声说话，两人的神情看起来也有些凝重。

我走上楼梯时回头看了看她们，杨婷对我眨了眨眼，表示待会再说。

客栈的房间，布置得非常整洁，暗自庆幸不是那种色彩艳丽的田园风格。

在浅蓝色的房间内，厚实的纯棉枕套、被子，让人看着舒心。我不急着去周围看山上的风景，出游难得的是享受悠闲、清静、美食、干净的床单以及好心情。楼下的院子里开满了桃红、粉红和白色的紫薇花，让人不由得想起杨万里的诗：

谁道花无百日红，紫薇长放半年花。

杨婷原本打算去香山看枫叶的，查了查发现时节还早，不过，我太了解她了，要是正好赶上枫叶红的时节香山人多又挤，她又会打退堂鼓。于是，我干脆提议来山上的农家乐，假期怎么过都差不多，放松心情便好。

她出差完直接来，我订了火车票，用手机地图一路摸索而来，倒也顺利。

我梳洗完毕准备下楼去看看，杨婷提着一个塑料袋上来了，我问："你拿的什么？"

“枳椇。”她眨了眨眼，说，“我妈说看到的话买一些回去，老板娘说她有，我就买了一些。”

“有什么用？”

“去热、解毒、活血，我拍了张照片给我妈看，她说不错。”

我拿出来看了看，枳椇一节节扭着，像减了肥又不好好长大的生姜，呈山形或工形，很有自己的个性。闻不出来有什么特别的味道，相信野生植物药效的人很多，或许有用吧。

杨婷似乎还未从刚才与客栈老板娘的谈话中回过神来，不时看向楼下。

我问：“怎么了？”

“那位老太太你看到了吗？”

“当然。”

“我听老板娘叫她沈阿婆。”

“她就是沈阿婆呀！”

“你知道？”杨婷表情惊异地看着我。

于是，我把上山路上的事告诉了她，她“哦”了一声，说：“沈阿婆在等人，可能跟我们年纪差不多，是她外孙女留学美国时的一个同学。”

我只是点点头，感觉到杨婷接下来要说的事很严重，谁知道她从兜里拿出一张皱巴巴的纸，说：“你看看。”

纸上是南宋词人蒋捷的《声声慢·秋声》：

黄花深巷，红叶低窗，凄凉一片秋声。
豆雨声来，中间夹带风声。
疏疏二十五点，丽谯门、不锁更声。
故人远，问谁摇玉佩，檐底铃声？

彩角声吹月堕，渐连营马动，四起笳声。
闪烁邻灯，灯前尚有砧声。
知他诉愁到晓，碎哝哝、多少蛩声！
诉未了，把一半、分与雁声。

蒋捷的生卒不明，大致推断他是宋度宗咸淳十年（1274年）进士，南宋灭亡时，他三十多岁，隐居太湖竹山，号竹山先生。他的大部分岁月是在元朝统治下度过的，元成宗大德年间有人推荐他做官，他与很多词人一样拒绝了。

“蒋捷的词，谁抄写的？字真好看。”我问，这是用烟霞色的彩墨写出的一手娟秀的柳体字。

“沈阿婆的外孙女。”杨婷轻轻地叹了口气，说，“我搜一下，没准能找到些什么。”

“找到什么？这就是首蒋捷所写的词。”我好奇地说道。

“沈阿婆的外孙女叫沈与，她……”她深深地吸了口气，继续说，“给沈阿婆邮寄的包裹里夹了这张纸。”

“直接问沈与呢？”我不禁问，看着她的眼神，我大约明白了，

“她是不是发生了什么事？”

杨婷点点头，叹息地说道：“沈与失踪了，她在世的亲人只有沈阿婆一个，她刚出生没多久就被扔在山下的杂货店门口。沈阿婆也是一个人，于是收养了沈与，阿婆曾经有过一个女儿，但是很早就生病去世了。当时收养手续很麻烦，找了很多人帮忙才终于办好手续。沈阿婆把她当作外孙女，两人在一起生活了二十多年，直到她大学毕业拿到奖学金去留学。沈与很努力，常常打电话回来说要接沈阿婆去跟她一起生活，可是突然断了音讯。很多人说沈与不念养育之恩，生活优渥后不希望被老家的人拖累。你信吗？”

“这些都是猜测。”我说，“要是真的这么绝情，还会一次次打电话说要接沈阿婆过去吗？是不是有什么误会？”

“已经两年了，找人打听情况也打听不到什么，她们之间又不是亲祖孙，沈与早就成年，也不能有什么更深的介入，所以就这样一直耗着。客栈老板娘今天跟我说，沈阿婆担心外孙女发生意外，她在这个世界上无亲无故，要真是有个三长两短，沈阿婆一定要接她回来，葬在沈家的墓地里，让她不再是无名无姓的孤儿。”

树叶刮擦玻璃窗的声音，听起来像下雨，簌簌的，一阵又一阵。

“沈与的同学能带来消息？”我问，眼前浮现的是午后阳光中的老人，那么寂静，那么期盼。谁都知道，以沈阿婆的年纪多等一天，便是少一天了。

“是沈与在西雅图念书时的同学，也是室友。”杨婷说时，眉头皱了起来，大约想到了新闻里那些恐怖至极的消息，要真是这样还不如不知道，沈阿婆这么大年纪不能再遭受打击了。

我和杨婷带上饮料和食物出门时，沈阿婆坐在庭前的院子里。

客栈老板娘是个热心肠的人，给老太太准备了椅子，俯在她耳边说：“下午天气好，多晒晒太阳，屋子里到底是凉了些。”

沈阿婆点点头，一只瘦如枯骨的手轻轻地拍了拍客栈老板娘。

“那位同学什么时候来？”我问。

杨婷一脸茫然地看着我，幽幽地说：“应该快了吧。”

她哆嗦了下，咳嗽了几声，听上去像是感冒了。

“你要是觉得不舒服，我们回去吧，明天一样可以出来慢慢欣赏这风景的。”

杨婷迟疑不决，看了看手机上的信息，说：“我们从那条路回去，走不一样的。”

秋日的山上，山风吹在身上凉飕飕的，我拉起衣服的领子护着颈脖，把双手揣在口袋里，摸索到两块榛子威化饼干，我给了她一块，她抱着保温瓶喝了口她独家秘方泡的茶，吃着威化饼干。

风吹过来，木架上的丝瓜花随风摇曳，黄色的花朵在藤条与枝叶间绽放，花瓣上的水珠滴落下来，落在杨婷的脖子里，她吓了一跳：“什么东西？”

“雨水，你头上的丝瓜花……”

杨婷一抬头，一朵丝瓜花正好掉在她的脸上，她伸手拿开，拿在手上端详了起来，轻笑道："这个就是丝瓜花啊！我喜欢吃丝瓜，老妈总是说要多吃点丝瓜，清热解毒。"

"煮汤、炒菜都好吃。"一说起来，我已经感到饿了。

这时，从前面地势较低的一个架子下传来说话声，杨婷拿着丝瓜花嗅了嗅，上前探看。我心想万一被发现偷听人家说话就太尴尬了，便跟她打个手势准备原路返回。她表情疑惑地摇了摇头，做了个噤声的动作，一缕白烟恰好从她身后袅袅升起，像轻薄的棉絮被拉散开来，飘在树木之间。

说话的是一男一女，男子的声音听起来很急躁，不耐烦地说："你为什么要这么做？这件事你又不用回应，你又没有……"

"别说这种话了，来都已经来了。"女子干脆地打断，踢起一脚的小石子。

"现在走还来得及。"

"怎么走？我早就答应了，人已经到了还回去？"

"他们根本不知道你来，没人见过你，你不也是第一次来这里吗？"

女子含糊地"嗯"了一声，又郑重地说："是第一次来，但是小与没什么朋友呀。"

杨婷与我相视一对，原来这女孩就是沈阿婆在等的人。

"她没什么朋友不是你的错，你和她只是同学，你为什么要来趟这浑水？”

女子猛地一抬头，怒道：“她只有外婆……”

“不是亲的！”

女子被噎了一下，气得不得了，甩手就要走。男子立刻拉住她的胳膊，说：“你不要觉得我现在说话难听，你自己好好想一想，你一个人跑来这里能解释清楚什么？这不是在帮忙，你会把自己搭进去的。”

我听得心惊肉跳，发现杨婷也一脸惊讶，都想到了最可怕的事。

女子似乎被对方的话说中了，惆怅地问：“我要怎么办？一个年纪这么大的老婆婆打长途电话给我，问她外孙女的事，我不能直接把电话挂了啊！”

“你如实说不就行了，你们住在一个屋子，但互不相干。”

“这太冷血了！”女子气恼地把头一甩，说，“她让我想起外婆，我不能这么说。”

“你做决定之前应该把事情跟家里说清楚，一个人跑来太冲动了。”男子依然不依不饶地说道。

女子心烦意乱地在地上跺脚，踹起更多的小石子，飞到草丛深处发出嗒嗒声。

她说：“我跟妈妈说过这件事，她认为电话里说清楚就行了……”

“你爸怎么说的，你不记得了吗？他很干脆地让你不要掺和其中。”

女子抿紧嘴唇看着他，仿佛是暴怒之前的情绪酝酿，不一会儿，她像只泄了气的皮球，扶着额头说：“为了这件事我已经好几天没睡好了，你去哪儿，你不是说好要陪我一起去的吗？”

“是啊，那你走不走啊？”

一阵脚步声走过，两人一前一后向着住宿地走去，他们身后都背着双肩包。

杨婷探头看了好一会儿，确定两人已经走远，才悄声说：“他们藏着什么惊天的秘密？”

“我不敢乱猜。”我见她表情凝重地翻着手机，跟着紧张起来。

“如果是很严重的事，不太可能会出现在这里，听那个女生的意思大概是有什么误会，但是男生不想引来麻烦。换位想想也是啊，千里迢迢跑来同学的老家，即便是很好的朋友也未必能做到。”

杨婷好像相信了，说：“我们去看看。”

我感到头皮发麻，虽然不知道可怕在哪儿，但忽然听到这么离奇的事，第一个念头便是往坏处想。毕竟这世上突如其来的好事不常有，但飞来横祸从不缺。

杨婷觉得，突然跑回去有看人热闹的嫌疑，便指着另一条小路说：“这里快，我走过。”

我跟着她，深一脚浅一脚地在林间小路上飞奔，感觉好像被人追杀。

回到客栈，发现那两个人还没有到，杨婷拉着我飞快地上楼，沈阿婆和客栈老板娘在院子里吃水果聊天。

房间门口放了一盘洗好的葡萄，每一颗都又圆又紫的。

我们回房放下手上的东西，杨婷端着一盘葡萄，眨着眼睛说："我们谢谢老板娘去。"我知道她心里打的主意，碰上这样的事要说不好奇是不可能的。

只是，沈阿婆风烛残年，要怎么承受可能到来的打击？

刚走到院子里，客栈老板娘就冲着我们招着手，说："你们在楼上呀，我以为你们出去了。"

"正准备出去呢，看到新鲜的葡萄就光顾着吃了。"杨婷笑着塞了颗葡萄在嘴里，一手把那张写了词的纸还给沈阿婆。

沈阿婆只是点了点头，客栈老板娘帮忙把纸折好塞进沈阿婆的口袋里，问："有发现什么吗？"

"跟小晨说的一样，古人的词，没看出别的。"杨婷说着，眼神一瞥大门口，一男一女正走到客栈前厅。

客栈老板娘立刻迎了上去，大约是看人看多了，老板娘立刻猜到了这两个人是谁，往院子里边请边说："过来坐会儿吧，沈阿婆在院子里等着你们呢。"

女子叫陶乐乐，男子叫庄辉，两人和沈与都在西雅图念书。

陶乐乐和沈与不仅是同学也是室友，庄辉是陶乐乐的男友，他见过沈与几次，从两人的对话来看，庄辉与沈与并不熟悉，他是陪女友而来的。陶乐乐的家里人是很反对她这么做的，她是瞒着家里人来到这里准备把事情说清的。

客栈老板娘很会察言观色，热络和气的脸上笑容一点点地僵硬了下去，她预感到不是好事，劝着沈阿婆：“又变天了，看起来要下雨了，我们先进屋里去吧。”

沈阿婆枯瘦无肉的手轻轻地拍着客栈老板娘，客气地说着：“天气还好的，一会儿就进去。”

客栈老板娘没有再说什么，只是看着陶乐乐，问：“沈与在哪儿呢？”

“我最后一次见她是两年前一个周四的晚上，她当时准备去欧洲旅行，我不知道是不是只有她一个人。”陶乐乐的声音颤抖了一下，艰难地咳了一声，继续说道，“沈与和我相处得很好，我们之间没有过矛盾，她打工、学习、泡图书馆，很忙很充实。我周末去亲戚家住，周四晚上看到她行李放在房间门口，我以为她第二天一大早就要走了。”

“所以，你看见的是她的行李，没有看到她的人？”杨婷突然插嘴问道。

其他人愣了一下，陶乐乐不清楚杨婷的身份，见她问得仔细便以为是沈与的亲戚，回道：“她的行李在，我认为她是在的，所以我没有去敲她的房门。”

气氛一时变得有些尴尬，杨婷或许是脱口而出，并非质问或怀疑，但在陶乐乐看来随意的一句疑问都可解读为对她的怀疑。

客栈老板娘打起了圆场，说："沈与这孩子一直是个很仔细的人，喜欢把事情准备得很周到。"

我猜想老板娘是避免说出过于武断的话，只好夸起沈与来。沈阿婆安静地听着，偶尔点一点头，表示她的听力没问题，她能听懂陶乐乐的话。

庄辉不满女友被人当作嫌疑犯，随即说："沈与成绩很好，她申请了英国的学校，这件事你们知道吗？"

陶乐乐在一旁点着头，说："她当时说去学校看看，我因为赶着去亲戚家吃饭，没想起来问她打算住到哪天，后来觉得这件事不是特别着急，等她回来再问也一样。"

"你什么时候发现……"客栈老板娘吸了口气，说，"她不见的？"

沈阿婆的手上，正拿着那张手写词的纸，陶乐乐盯着那张纸，眼神闪过一丝愧疚。庄辉瞥了一眼那张纸，说："这是那天发现的，乐乐说沈与喜欢在月历上抄写喜欢的词，常写在便利贴上，过几天再换新的。这张蒋捷的词掉在房门前不知有多久，因为房租到期了，乐乐打算先住到亲戚家一段时间，所以就捡了起来一起带走了。"

"是不是因为房租的事，你没注意到她没回来过？"客栈老板娘问，语气缓和，尽量不显出苛责质问的意思。

杨婷紧张地看着双方当事人，我也捏了把冷汗，只有沈阿婆是平静的，她静静地看着陶乐乐，说："她要是没事，我也安心。"

陶乐乐的表情变得像是要哭了，客栈老板娘轻轻地拍了拍她的手背，说："老人家就是图个安心。"

"对不起，沈阿婆，房租到期之前我没注意沈与是不是回来了，周四那晚以后我没再看到过行李箱，我以为她早就回来了。因为我忙毕业论文的事，一直想问她租房的事，但转过头就忘了。我是退租那天才从房东口中得知，沈与的房间是空的，她的租期比我早一个月结束。"她忽然抽泣起来，庄辉揉着她的肩膀低声安慰她。她清了清喉咙，说："我觉得很愧疚、很抱歉，我没注意到不对劲……"

哽咽声吞没了她要说的话。庄辉温柔地在她耳边安慰，客栈老板娘看了看沈阿婆，又看了看陶乐乐，把要说的话咽了回去。杨婷一定满肚子疑惑，但却不能开口问，憋得慌。我想了想，试着问："房东有说什么吗？"

"房东看到房间都收拾干净了，租金付到当月月底。我搬走的时候已经有新租客进来了。"陶乐乐擦了擦眼泪说。

"沈与有社交空间吗？"杨婷忽然问。

陶乐乐似乎愣了一下，坐直了身体，努力回忆着，说道："我以前问过沈与，她说没有开通过社交空间，认为太分散精力，通常我和她联系都是发邮件，急事直接打电话。有一次，也就只有这一次，我看到她访问了一个社交空间，发现她失踪后我去查过，空间上的内容都被删除了，报警时我跟警察说过这件事，他们好像也没查到什么。”

“不对，有查到一些信息。”庄辉说道。

陶乐乐一怔，反问：“是什么？”

“突然就难过起来，自己一个人在世间沉浮，所说的话没人倾听，升起的念头都鸦雀无声，这种突然的寂静感让人无望。”庄辉回忆了一下，说，“我没记错，是这段话。这个空间是不是她的，我们也不知道，她的 IP 地址被访问过，但没登录过。这是别的同学去打听后知道的，我不知道这个是否有帮助。”

客栈老板娘和沈阿婆一时没明白社交空间是什么，杨婷在一旁替她们解释着，沈阿婆点了下头，眼神又黯淡了下去，她或许早就做了最坏的打算，现在更证实了心中所想，依然让人难受。

前厅屋檐下的铃铛响了起来，风呼呼地刮着。转眼间，天空暗下来，丝瓜木架上的黄花掉了几朵在地上，风一刮，被吹得一干二净。

秋风秋雨，连绵不绝。坐在院子里的人已经散了。

客栈老板娘邀陶乐乐和庄辉住下，雨势不小，下山的路不好走，住上一晚再走。

陶乐乐与庄辉知道客栈里的人还有很多疑惑，两人也不急着走，只说：“我们来之前已经订了客栈。”

“没事，我去跟他们说，这里我都认识，押金肯定能拿回来。”客栈老板娘端着热茶和点心过来，“晚上在这里吃饭，下雨天路上湿滑，如果摔跤可不是闹着玩的。”

陶乐乐看了眼男友，庄辉点了点头，说：“好吧，我打个电话去说一声。”

杨婷听了一会儿，见他们没再说起沈与的事，便回了房间。

“你觉得是他们说的那样吗？”杨婷问，语气明显不信任。

“暂时只能相信。”我叹了口气，说，“毕竟沈与是成年人。”

“你说她抄写的那首词是不是想说什么？”

“可能只是符合她的心境吧。”

南宋遗民蒋捷，三十多岁以后生活在元人的统治下，宁可隐居也不入仕途，与世事彻底地决断。一个读书人从此放弃做官的前途，而甘愿过闲云野鹤的日子，那真是又苦闷又让人钦佩。

如果沈与不是发生了意外，她是遇到了什么事呢？

窗外有秋雨声，院子里掉落的黄花和树叶被秋风卷走。被水色刮花的山中景色，像穿了一身暖和的棉外套，忽然被浇了一身水，显出清瘦的身躯来。

蒋捷，在南宋灭亡后不愿随波逐流，眼睁睁地看着昨日的美好，在眼前一一付诸东流，那是撕心裂肺的伤感。

没人倾听的沈与，是否也在经历着那样撕心裂肺的伤感呢？

雨打梨花深闭门

客栈的墙上挂着一幅水墨画，一簇簇白色小花与绿叶，在白云深处的农舍屋檐上逶迤地开着。

秋雨绵绵，湿寒的山中林涧，杨婷戴着帽子去晨跑，半路上又下起了雨，头发粘在脸上，雨滴顺着她的眼角滑了下来，她哆哆嗦嗦地跑回房间换衣服。我拿着充电宝去楼下吃早餐，说："听说昨天来了很多新鲜野菜，我去看看。"

杨婷翻找着干净的衣服，忽然说："他们还没走。"

"沈与的同学？"我问。

连着下了两天的雨，山中的景色很美，树木包裹在幽蓝的晨雾之间，不知道名字长相却可爱的蘑菇随处可见。

杨婷带了单反相机，但是衣服带的不多，她认为秋天是红棕色的，夏天过去后余下的微温有厚实的质感，人裹在暖和的羊毛围巾里，只穿一件法兰绒格子衬衫搭配休闲的牛仔裤。现在，她正在懊恼地找厚外套，发现只带了一双羊毛袜，她坐在床边唉声叹气。

“嗯，我以为他们第二天就走了，其实是去附近逛了一圈。”她总算找到了一双满意的袜子，转忧为喜，说，“你猜我昨天发现了什么？”

杨婷擦了擦头发，立刻打开笔记本电脑，浏览器页面上一片空白，她刷新了几次页面，文字显现了出来。一首词，秦观的《鹧鸪天·枝上流莺和泪闻》：

枝上流莺和泪闻，新啼痕间旧啼痕。一春鱼鸟无消息，千里关山劳梦魂。

无一语，对芳尊。安排肠断到黄昏。甫能炙得灯儿了，雨打梨花深闭门。

“一首宋词，”我看着页面上显示的名字，不记得杨婷何时开通过新的社交空间，便问，“谁的？”

她神秘兮兮地瞄了我一眼，我立刻明白了：“你确定是沈与的？”

“我用图片搜索，追着相似推荐找，这真是个好东西。”她啧啧称奇，说道，“昨晚我找到时也觉得不太可能，可反过来一想，也许沈与觉得没人会来找她，所以才更新的。不过，说实在的线上总能找到一些痕迹。”

信息时代隐私变得几乎透明，这是一把双刃剑。

“只是一首词，还有别的吗？”我问。

“时间是一年前，”她点击放大画面，说，“陶乐乐说的可以相信，但我还是觉得她有隐瞒。”

“为了避嫌，她的话多半会隐去对她不利的信息。”

“你觉得她的男朋友可信吗，那个叫庄辉的？”

“警惕心很高，其他暂时没看出来什么。”

“我让一个朋友去查 IP 地址，不知道能不能查到。”

“定位显示在哪儿？”

“希思罗机场，她是离开呢，还是抵达呢？而且定位是可以选临近位置的，信息并不是很准确。”

我读了一遍这首小词，对这个素未谋面的沈与感到十分好奇。我觉得她有很多心事，却不知道怎么表达出来，只能通过某首词在表示。我认为沈与想说的事是隐藏在词后的：“这首秦观的词，感觉是她的自嘲。”

“我也这么觉得。”杨婷拿着一瓶洗发水，眨着眼睛说，“我刚才在想，要不要告诉他们这件事，后来又觉得人没找到还是白忙一场，等我洗完澡再说。”

我下楼，老板娘正从厨房端着凉拌野菜出来，餐桌上摆着热气腾腾的白粥。见只有我一个人下来，她说：“快来吃，你朋友还没醒吗？”

“她很快就下来，出去晨跑淋了一身雨。”

“呦，当心感冒。”

吃到一半，听见老板娘招呼起来，我抬头一看是陶乐乐和她的男朋友庄辉，两人穿着运动装，大概是准备去晨跑。雨已经停了，路上湿漉漉的，窗外的行人穿着高筒雨靴，老板娘在门口跟人打了声招呼，问：“沈阿婆好吗？”

“好。”

老板娘笑吟吟地走过来说：“上次看她像是感冒了，炖了点汤送过去。昨天没有看到她，不知道是不是下雨的缘故。”

我没去看陶乐乐的神情，只觉得气氛突然陷入静默之中。杨婷穿着拖鞋走了过来，看到陶乐乐他们，笑着说：“早呀！”

这时，气氛变得轻松了起来，老板娘在厨房里忙着包馄饨，洗完一大筐野菜，说：“中午有荠菜馄饨，荠菜都是昨天摘的，新鲜。”

“我可以买一些吗？”杨婷急忙问。

老板娘笑着说：“当然可以。我去隔壁看看，你们慢慢吃。”说完，拿着伞出去了。

厨房里只剩两个人在忙活，年纪比老板娘稍微年长些，应该是亲戚之类的家人。

“沈阿婆没事吧？”陶乐乐问了一句，眼神盯着桌上的凉拌菜。

庄辉又添了一碗白粥，女朋友不知道，他当然更不知道情况如何。

我回想着刚才词里的那句“一春鱼鸟无消息”，古时相传鸿雁、鲤鱼可传递消息，沈与把心事藏得这么深，是否也在希望这鸿雁、鲤鱼将自己的心事传递？她是沈阿婆带大的弃婴，小孩比大人想象中要敏感得多，她不难从旁人的目光中解读出人们对她身份的猜疑。那时，她的一言一行都会成为他人眼中的怪癖，因为她和他们是不同的，而这种“不同”之感更会通过他人的猜疑而加深。

我心想，生活在熟人的环境里，隐私真的是一种奢侈。

老板娘口中的沈与，在城里念大学时每周都回来，邻里们常对沈与重复着相似的话语，沈阿婆养大你太不容易，你将来要对她好。

感情的牵挂一旦成为一种桎梏，谁也承受不起。

“有点受凉了。”杨婷轻声回了一句。那两人头也没抬，继续喝着粥。

“沈阿婆还有其他亲戚吗？”陶乐乐问。

“她那一辈的好像没了，小辈的亲戚还有。”杨婷答道。

杨婷不过比我早半天抵达，却对周围情况如数家珍，沈与的事她十分上心，抱着笔记本进行各种交叉搜索。她的回答令陶乐乐和庄辉沉默，庄辉道：“你相信沈与是发生意外了吗？”

我看了眼厨房，那两人忙得热火朝天，无暇留意餐厅这边的情况。

在一阵短暂的沉默后，杨婷叹了口气，低声说道：“我们不是她的亲戚或朋友，来了这里以后才知道这件事的，我们不了解沈与。”

我点点头，表示肯定。

陶乐乐好像松了口气，说道：“这里什么都好，要不是因为这件事，我们可能会多待几天，但每天看着沈阿婆的样子，心里太难受了。”她顿了顿，颇显为难的样子，试探着问：“你们没怀疑过吗？”

“怀疑什么？”我问。

“沈与不告而别的原因。她肯定不是突然决定的，她做事很有原则，也不是那种绝情的人。”陶乐乐郑重地强调了后面一句，“她对别人很友善，我和她虽不是无话不说的好朋友，但我知道她很照顾别人，从各种生活细节中能体现出来。她失踪以后，我有种很奇怪的感觉，她要是不想让人找到，一定是碰上了很伤心的事，伤心到宁可放弃所有坚持过的东西。”

杨婷“呼”了一声，只差合掌一拍表示赞同了，翻着手机打开社交软件，说道：“这是我发现的新线索，我不知道有没有用，但我觉得你们可能会想起些什么。”

庄辉离得近，只看了一眼，说道：“这是西雅图，在太空针塔附近拍的。”

陶乐乐凑上来看，说：“沈与有次说跟谁去吃饭，拍了张夜景，我问她是不是在塔上的旋转餐厅拍的，她怎么说的我不记得了，反正没有承认。”说着说着，她脸上掠过深深的愧疚之情，万一沈与是发生了意外，这些猜测显得太过刻薄。她又说道：“这些我不敢跟沈阿婆说，因为解释起来不容易，传出去也不好，我不是想隐瞒什么，不好的揣测就不说了，你能明白吗？”

杨婷点了点头，打着圆场说：“我们现在说这些，只是想要把事情弄清楚，其他的不必说。”

陶乐乐与庄辉沉默地相觑，似乎在交换某个信息，最终，庄辉开口说：“有些事，我们觉得要说一下，你找到的这几张照片大部分是她拍的，但有一张是她的朋友拍的。”

“她的朋友？”杨婷道。

“也可能是男朋友。”陶乐乐说。

我预感到陶乐乐和她男朋友接下来要说的事，才是他们此行的真正目的。

西雅图。

沈与拿着比萨从门外走了进来，陶乐乐正在给男朋友打电话，放下手上的电话，问：“还在下雨吗？”

“嗯。”沈与打开比萨的纸盒，说，“从初冬到晚春，天天都在下雨。你要不要一起吃？”

“不了，我一会儿跟朋友出去。”陶乐乐笑了笑继续讲电话。

等沈与回到房间后，她对电话另一端的男朋友说：“你来接我吧。嗯，先这样，我换件衣服就下来。”

陶乐乐出门前听到沈与的房间里传来说话声，她从未见过沈与有别的朋友，她大概知道一些沈与家庭的情况。沈与从来不提起父母和亲戚，每到年底当很多人准备回家过年，沈与总是异常安静。在陶乐乐的记忆里，沈与应该没有回去过，节假日她去了什么地方也没人知道。

有几个特别好奇的同学会来跟陶乐乐打听：“你室友怪怪的，她没事吧？”

不知是谁打听出了沈与的家庭情况，在朋友圈里说出她是“被放弃的孩子”，一时之间，每个人看沈与的眼神都带着不自觉的同情和怜悯。

陶乐乐下楼在门口等庄辉，脑海里不断回想着这件事，她猜想那些人到底是好奇沈与的出身，还是因为沈与的神秘感？来自不同环境的学生，除了学校里的事，彼此之间并无更多的接触，但为什么他们对沈与表现出不同一般的好奇？

在车上，她把这件事告诉了庄辉，他竟然也知道，说：“他们不是好奇她的身世，而是她做的事。”

“她做了什么？”

庄辉摇了摇头，陶乐乐发现男朋友知道的事竟然比她多，她是如此迟钝，顿时心里怪怪的。

庄辉立刻打消了她的念头，手掌揉了下她的头发，说："别瞎猜了。我听到的事是她在赌场发牌，另外有人在太空针塔上的旋转餐厅看到她……"

"她一个人，"陶乐乐一怔，"在餐厅？"

"当然不是。"庄辉笑了笑，忽然收敛了笑容，"她应该不是惹上什么麻烦了吧？"

"她跟谁在餐厅？"

庄辉摇了摇头，表示不清楚，说："不认识，我觉得夸大了。"

陶乐乐回想起上次沈与晚上回来时拎着的一个大纸袋，她站在房门口看了一会儿，对奢侈品较为敏感的她一眼便认出是某品牌，但又觉得沈与的经济状况不足以支付，一厢情愿地认为那只是个纸袋。她对庄辉说了之后，还惹来他的嘲笑："这能说明什么，别人送的？"

"可别人为什么要送给她呢？"陶乐乐已经说得很明确了，男朋友根本没上钩，反而百无聊赖地说起了别的事。

自从这件事后，陶乐乐开始留心沈与，她知道自己的做法欠妥，身为室友每天低头不见抬头见，没法装作视而不见。沈与每天依然十分忙碌，早上匆匆出门，雨伞也不带，如果她真的在赌场发牌，是淋着雨去的吗？还是有人送她？

庄辉觉得陶乐乐的担忧很无聊，说："你这样怀疑，让人很不舒服。”

陶乐乐也不甘示弱，反唇相讥说道：“你不知道我在怀疑什么，我和沈与住在一个屋子，万一她惹上麻烦，你觉得我会没事吗？”

庄辉怔住了，陶乐乐说得没错，可平白无故去揣测室友的私生活也不好。同学之间背后议论两句，转过头就过去了。每个人都有自己的生活，谁也不会老盯着别人。

他说道：“你想怎么办？”

“你有办法知道她在哪家赌场工作吗？”

“印第安保留地。”

陶乐乐看着男朋友，确定他不是在开玩笑。他严肃地说道：“你知道吴小开吗？他的这个绰号不是白来的，他去过几次赌场，亲眼所见。”

几天后，陶乐乐找吴小开求证，他很直接地说：“是她，我没认错，她没看到我。”

有那么一瞬间，陶乐乐感觉吴小开对沈与有着不同寻常的情绪，他似是而非地说：“她是很漂亮，但不是我喜欢的类型。”

陶乐乐觉得吴小开很讨厌，有着家境优渥者特有的跋扈嘴脸，开着名贵跑车就怕别人不知道。不过，吴小开家里投资了某生物科技公司，有很多想去实习的同学纷纷跑来和他保持良好关系，曾经对吴小开的所作所为嗤之以鼻的人也开始巴结他。

陶乐乐敏感地意识到吴小开语气中对沈与的不尊重，像是被人拒绝后的恼羞成怒而故作姿态的孤高。

庄辉不止一次地提醒她说："你要是觉得有问题，可以搬出来住。"

"突然搬出来？"陶乐乐皱紧眉头，她和沈与远没有水火不相容，她只是出于对自身安全的顾虑，还有某些她无法解释的心事。

庄辉因为她的神经质烦不胜烦，说："你侦探片看太多了，处处都是危险。"

"你不懂女生！"陶乐乐突然愤怒起来，这些年的留学生涯教会她一件事，永远不要觉得周围很安全，一旦发生在自己身上就是百分之百的不幸。

庄辉吃了一惊，说道："发生什么了？"

陶乐乐一声不吭，她一再强调与沈与不是亲近的好友，两人唯一的共同点是对于漂泊在外的安全意识。在这点上，陶乐乐的内心是很同情沈与的。陶乐乐还有等她回家的父母和亲友，沈与说没有人在等她，万一哪天消失了，没人会记得她。

在四处查无所获后，陶乐乐渐渐将这件事置之脑后了，看到沈与抄写在月历牌上的古诗词时，她觉得沈与又回到了原来的生活，再也没听人说起在赌场或旋转餐厅见过她。她依然是原来那个衣着普通，整天往返学校、图书馆和打工店的女生。

西雅图的雨季持续了两个多月，陶乐乐每天因为肩膀和脖子疼，对什么事都意兴阑珊。沈与从房间出来，泡了一壶茶两人一起分享。她说起了自己抄写在月历牌上的诗词，聊到每当因为雨季而感到的情绪低落，她说：“西雅图太寂静了，适合睡懒觉，不像灯红酒绿的洛杉矶。”

陶乐乐喜欢洛杉矶，因为西雅图除了太安静，还整日阴雨霏霏，莫名地使人烦躁惆怅。

她心想，沈与或许很喜欢阴霾的雨季，她见过沈与一个人在雨中晨跑。

陶乐乐看了看她手上一本翻得有些破烂的书，是本古诗词选。

沈与抄写了其中一首秦观的《鹧鸪天》，陶乐乐默念了几句：“千里关山劳梦魂……雨打梨花深闭门。”

一首这么哀怨又哀愁的词，竟与西雅图的雨天相得益彰。

词中的女子充满相思之苦，在愁怨中守着烛火，听着雨声直到东方大白。沈与几时有过这样的情形？

陶乐乐一怔，或许是有的，她与庄辉交往后对身外事关心甚少，要不是顾虑到自身安危，她可能不会注意到沈与身上的变化。

两人喝着茶，看着窗外的雨景，这天气最合适窝在沙发上看小说、吃零食，打发闲闷。

“我家在山上，这样的下雨天，山上的路很难走。”沈与轻轻地说着，“我听人说，我被发现的那天也是下雨天，裹在身上的小棉被已经湿透，送到医院时正在感冒发烧。收养我的外婆垫付了医药费，她的收入拮据，却花了一笔数目不小的医疗费。我很感激她，她原本也可以像别人一样充满同情地袖手旁观。”

“你对她也很好啊！”陶乐乐想继续说些什么，但是发现自己什么也不知道，她知道沈与一次次往家里打电话的情形，通电话的沈与听起来特别开心，不断询问老人家的身体、院子里的野菜、亲戚家谁结婚谁生了孩子。

可不知从几时起，沈与不再打电话，除非有紧急的事，不然找她都要发邮件。

沈与沉默地注视着窗外的雨说：“真是奇怪，来了这里以后，常常想起在山上的日子。离开家去城里念大学住校时，从未有过这种感觉。”

“你想家了吗？”陶乐乐瞥了她一眼，她出神地看着某一处，似乎未听见。

“我没有家的。”沈与起身后笑了一下，她抱起桌上的课本放入背包，拿上墙角的雨伞，说：“我去图书馆了，要带什么东西，发邮件给我。”说完，她便走了。

一个信封从桌子上掉下来，她捡起一看是某生物科技公司，正是吴小开家里投资的那家公司。沈与跟吴小开好上了？

她将这件事告诉了男朋友，庄辉不以为然地说：“这也很正常，我听说吴小开追求过她。”

“是有把柄在吴小开手上吗？”陶乐乐没好气地说，很快又觉得自己太偏执，“我半点儿也看不出来沈与会喜欢上他。”

“谁也不会把这些写在脸上啊！”庄辉说道。

没过多久，陶乐乐得知沈与申请了英国的学校，因为从未见过吴小开与沈与在一起，她便没再注意这件事。那个周四的晚上，看到沈与房门口的行李箱，是陶乐乐最后一次“见”沈与。

“我觉得那晚她是在房间的。”陶乐乐郑重地重申道，“她失踪以后，我拿着那个信封去问过吴小开，他三缄其口，说涉及沈与的个人隐私。”

我和杨婷听得千头万绪，不知从哪儿问起。厨房里的人依然在忙活，老板娘去了好一会儿也不见回来，不知沈阿婆是否有事。

庄辉的目光越过玻璃窗，说了声：“老板娘回来了。”

陶乐乐肩膀一颤，瞥了一眼那方向，声音极小地说：“这些事，我们来之前只敢猜测，现在觉得……”话未说完，她直愣愣地看着男朋友，不确定是否要说出来。

杨婷急得不得了，说：“有什么就说吧，我们不会说的。”

庄辉看着女朋友，点了点头。

“沈阿婆与沈与应该是有血缘关系的。”陶乐乐瞪着窗外的眼神紧张极了，然后飞快地说，“我找了吴小开好几次，最后一次他总算松口了，说沈与让他帮忙做基因检测，吴小开父亲的公司可以检测。他当然知道结果，但是死也不肯说，我猜沈与一定让他发了毒誓……”

“呀，你们都在呀！”老板娘热络的声音响彻屋内，厨房忙碌的两个人探出脑袋看了一眼，又缩回去继续做事。

“早餐还可口吗？中饭吃馄饨，晚饭有好菜。”

大家都高兴地笑了起来。

忽然一个念头闪过，我觉得老板娘是知道我们在说什么的，她世故、精明，所以不会当面拆穿。

“沈阿婆怎么样了？”杨婷笑嘻嘻地接话问道。

“感冒了，我煎点药送过去，你们慢慢吃。”说着，老板娘去了厨房。

剩下我们四个面面相觑，餐桌上又恢复了安静。

落在地上的黄花，经老板娘指点我们才知道是黄花魁。

几朵黄色的小花，在阴灰色的雨天里煞是明艳动人。而灰黄天际里的一抹鲜艳，仿佛能点亮什么似的。

十年一梦凄凉

麦黄色的月亮挂在夜空上，雨是消停了，前厅里的几个人还没有散去。

早上起来的时候，我在阳台上拍清晨的景色，雨后的天空澄澈明净，湿漉漉的地上一步一个水洼。

杨婷穿着到脚踝的雨靴散步回来了，与老板娘打了声招呼就上楼了。

整个上午，除去吃饭和站在窗边等雨停，整个人闲闷得无可奈何。

“他们走了吗？”我问。

陶乐乐他们比我们预计的多待了两天。

“听说今天退房。”杨婷擦干头发从浴室出来，她穿着一身睡袍，所有洗了的衣服都没有干透，她目前找不到一件能穿的衣服。忽然，她冲向笔记本，争分夺秒地敲了一通，脸上难掩惊喜之色，说：“你猜我刚收到了什么？”

“礼物？限量版？”我笑着说。

她没好气地翻了个白眼，说：“没有。帮我查 IP 地址的同学回复我了，他说最后的登录地址在英国，沈与至少到过英国。”

“不能确定是她本人。”

杨婷神经质地看了看房门口，低声说：“她这么决绝，你没怀疑过是什么原因？”

“做到这么决绝，把后路都斩断了。”我想了想，说，“万念俱灰？”

她将笔记本打开的页面转向我，说：“你看这首词，时间是半年前。”

吴文英的《夜合花·自鹤江入京泊葑门外有感》：

柳暝河桥，莺晴台苑，短策频惹春香。

当时夜泊，温柔便入深乡。

词韵窄，酒杯长。剪蜡花，壶箭催忙。

共追游处，凌波翠陌，连棹横塘。

十年一梦凄凉。似西湖燕去，吴馆巢荒。

重来万感，依前唤酒银罂。

溪雨急，岸花狂，趁残鸦，飞过苍茫。

故人楼上，凭谁指与，芳草斜阳。

杨婷找到的网页上，是一张手书的柳体字信笺，蘸了枫叶色的彩墨，笔迹与陶乐乐找到的那张便贴上的一致。我放大了来看，信笺是一张花草宣纸，对仗工整地用钢笔书写的，没有落款。

“你确定？”我问。

杨婷耸了耸肩膀，说道：“凭我对八卦的敏锐度，十之八九是她。”这时，她起身走到门口倾听，确定门外没有人，又坐回来说，“查找相似图不难，从中挑出有用的筛选很费眼力，你看我这两天都是黑眼圈了。”

吴文英是南宋四明（今浙江宁波）人，一生未任官职，弱冠之年游德清，而立之年在苏州为仓台幕僚。他的词争议鲜明，因晦涩见称，讥嘲者不少，喜爱者对他评价则极高，在辞藻堆砌的外表下，灵气和立意深远而别具一格。他长期居住在苏杭一带，一生不离江浙两地。

吴文英的词，独特又哀苦，早年在苏州时他恋上一名歌伎，词人与身在风尘中的女子相恋，注定像他们生活的时代，看似很美，却充满凄凉，终将在风雨飘摇中流逝若落花、若水流。擅长捕捉感情细腻变化的词人，赋予了词作纤细又不轻易让人读懂的朦胧之感，犹如秋日的萧瑟凄冷，更添离愁别绪。

“吴文英最后怎样了？”杨婷查找了一圈，一筹莫展。

“他客居临安时遇见了一个富贵之家的歌伎，女婢帮他传递书信，两人情投意合，一起出游春江、南屏、西陵、六桥等地。最后一次分别时，两人也知道再见遥遥无期，但是在命运面前没有任何办法。

等到吴文英再重返六桥时，那歌伎已经去世了。

临安是他生活了许多年的地方，晚年他曾回到西湖悼念她。”

“十年一梦凄凉……”杨婷咀嚼着这句话，说，“很有‘十年生死两茫茫’的凄凉境况。”

“他写过不少词来悼念这位恋人。”我说，“那时他住在苏州阊门外西园，邂逅恋人时，吴文英已近不惑之年，两人常在西园幽会。淳祐四年（1244 年）两人分别，十年之后，那时……”

“怎么样？”

“他在吴地生活有十年，经纶抱负全都寄情于词曲。他那首《夜合花》，就作于他自鹤江乘船去临安，途经苏州东城的葑门停留时。”

“我去过葑门。”杨婷说，“葑门城门在桂花公园内，很多去的人不知道。说到葑门大部分人想到的是葑门横街，相当于露天菜场。葑门城墙好多年前重修过，跟觅渡桥相对，是环古城河上的一个景点，晚上亮灯时很美。”

“葑门外的溪流是吴文英与歌伎曾居住同游的旧地，晚年他故地重游，触景生情。”

正聊着，我听到楼下的开门、关门声。

杨婷也听到了楼下的响声，房间一时变得静悄悄的，努力听着楼下的脚步声，一个稳健的步子应该是庄辉，另一个步子轻盈多了，穿过前厅直向大门走去，老板娘的声音听着遥远而模糊。

“不知道沈阿婆在不在？”杨婷喃喃道，老板娘说沈阿婆喝了药后身体好多了，老人家的身体还要再静养几日。

中午下楼去吃饭时，餐桌上只有我和杨婷两个人。

其中一个伙计来说，老板娘有事去了镇上，杨婷问：“就我们吃饭吗？”

那伙计点了点头，另一个伙计端上来一碗紫菜汤，里面有我很喜欢吃的虾米，赶紧盛了一碗。杨婷并不死心，又问：“另外两个房客退房了？”

“早上说找到车下山了。”那伙计瞧了一眼杨婷，好奇她想知道什么，“老板娘说送他们去火车站。”

“啊，挺好的。”杨婷笑着闷头吃起饭来。

下午的时候，天气放晴了。

我拿着手机出去逛，拍了两张雨后露水的照片发给堵在高速上的好友。沿着石阶而上，山林间隐约传来溪流声。

有一年夏天，我上山避暑，爬山累了找个亭子歇息。一群游客蜂拥而至，围着老农询问水果价格，只见亭子后的水井里浸了西瓜、桃子和李子，西瓜生意最好，又大又甜的西瓜一人半个。等到人群散去我去询问价格时，已经卖完了。

雨滴不时从树叶间落在我的头发上，我觉得撑着伞不方便，便找了张纸巾来挡，一边走一边擦头发和脸。枯了的叶子掉在石阶上，一脚踩上，湿泥涂满一片。我忽然有些不忍心，到底长在树枝上时青翠茂盛，替人挡风遮雨，季节一过，却零落成泥碾作尘，煞是让人惆怅。

供游人休息的石桌上不知谁落下一个石榴，剥了一半的皮，与萱草、木槿堆在一处，几根枯败树枝潦草地编成一圈，几朵夜合花插在树枝圈上。我奇怪这季节竟然有夜合花，便拍了张照给杨婷让她确认。

杨婷飞快地回复我，问我在哪里看到的，未等我敲完最后一个字，她便打了电话来："你在哪儿？"

"去山上看看寺庙。"

"啊，去完快点回来，有事跟你说。"

我询问是什么事，她神秘兮兮地不肯说，一个劲地卖关子，说："等你回来再说。"

山上的寺庙有些冷清，寥寥几个游客在佛殿前跪拜，一个僧人模样的男子拿着扫帚在院子里扫落叶，两只猫从草丛里钻了出来，抖落着身上的水珠。

佛殿前跪拜着的女子久久不肯起来，双手合十，默默低语。我见她穿着一身复古的长袄，黑色修身的长裤搭配粗跟皮靴，裹着深灰的围巾，与这斑驳的寺庙很是相融。她可能是一个人来的，从容地站起身与一个年长的寺僧聊了几句，看来她对这里很熟悉。

看完寺庙，我便准备下山返回客栈，在寺庙门口又看见了那女子。

她看了我一眼，说："今天人真少。"

"是啊！可能是因为下雨吧。"我随口应了声。

"你是住在山上的客栈里吗？"

"是啊！"我看了她一眼。

她若有所思地"嗯"了一声，问："沈阿婆好吗？"

我一怔，确认她问的人和我想到的是同一个，说："她年纪大，之前感冒了，客栈老板娘帮忙煎了些药。"

"她今年七十四岁。"

"我以为她九十多岁了……"我突然住口看着她。她逐级而下，走在我前面，说，"又快下雨了，快走吧。"

我一路沉默地走回客栈，把这件事告诉杨婷时，她不知道在等着什么重大发现。合上她的笔记本，站在窗口看了好一会儿，说："是她吗，戴着深灰色围巾的那个？"

我急忙走过去看，果然是她，第一个念头是邻居串门，但是立刻被第二个念头打消，看着杨婷，她一脸把握地点头：“她就是沈与。”

雨又下了，山上清寒，我和杨婷各拿了一条围巾披在肩上，听着她从各处收集来的琐碎信息，拼凑出一个大概的情形。

二十多年前，沈与的母亲爱上了一个男子，男方家境落魄，父亲在坐牢，母亲丢下三个孩子离家出走了。

男子姓胡，十几岁开始就整天到处混日子，没钱上学，吃饭也有上顿没下顿，不过清秀的长相却备受很多女孩的青睐，但没有一个敢真跟他，即使有一两个执意要跟他的，家里的兄弟们也会将他打跑。

沈阿婆的丈夫早年被打成黑五类，很早便去世了，她一个人带大唯一的女儿，没想到女儿居然看上了劳改犯的儿子，不仅不能给她幸福，还会拖累她们母女俩。

只是，女儿小沈非常坚决地要嫁给小胡。

她毕业分配有了收入后，就省吃俭用地供小胡念书，小胡在她和两个妹妹的帮助下，顺利考上大学。那年，坐牢被判刑的父亲老胡得到平反，回到家的老胡带着三个孩子把妻子找了回来，一家五口也算破镜重圆了。

小胡大学毕业后赶上了出国潮，一直想出去体验不同生活的他便跟小沈商量了这件事。小沈起初不同意，她知道自从小胡考上大学，当年那些把他打倒在地不许他跟自家姐妹恋爱的人家纷纷来拉拢关系，胡家不仅洗刷清白，地位陡增，小胡更是前途无量。

沈阿婆自从知道小胡要出国留学的事后，便说：“他要是一辈子在这里，接受那份工作，你们很快会结婚的。现在，他要去留学，你还要等他？”

小沈当然不听母亲的话，从未看好过她和小胡的母亲，怎么会说出好话呢？她就是要赌一口气，回道：“我们在最艰难的时候也过来了，现在更没理由要分开。”

沈阿婆异常坚决，让人介绍对象给她，催着她快点结婚。

消息传得沸沸扬扬，小胡听大妹说了这件事，问：“她答应了？”

“你希望她答应吗？”

小胡没吭声，另一个妹妹与母亲面面相觑。他知道自从他考上大学以后，家里对他的期望很高，他的母亲全力支持他去留学，便说：“好的机会就不要放过，结婚的事可以以后再说。”

老胡喝着闷酒，对妻子和三个孩子商量的事不闻不问，家能够破镜重圆，但是还有一些东西是圆不上了。

大妹拉着他问：“你要是不想结婚，没人能逼你，沈家老太太不是也不同意吗？”

小胡默不作声，他看起来优柔寡断。大妹非常了解他，当他不打算接受时就会这样，残酷的童年告诉他一个道理：不要随便拒绝，没准下一次别人就会把一些更好的给你，你必须先表现出温顺。

大妹心里暗暗好笑，说："要我替你去说吗？"

小胡不愿背上负心薄幸的骂名，街坊都知道小沈非他不嫁，过两年等他在那边站稳脚跟，他会将小沈接过去。要是小沈决定跟他分手，他也尊重她的决定。他想来想去，还是要当面问清楚小沈的意思。

他说："要不，一会儿你和我一块去吧。"

沈阿婆察觉了女儿的秘密，气得把她赶出了家门。小胡带着大妹妹找上门时，沈阿婆正在气头上，指着他骂起来："我女儿已经有人了，谁认识你这种下流胚！"

小胡被沈阿婆拿着扫帚给打了出来，大妹在一旁劝，见脾气温顺的哥哥被人这么打，也急了，说："你这样打人太过分了，他跟你好好说话，你怎么能这样！"

"我怎么样？"沈阿婆越说越怒，大声骂了起来，她早就看穿胡家不可靠，女儿受了多少委屈跟着他走到今天，现在胡家让人刮目相看了，就抬高下巴看人了。她不指望小胡念旧情，如今已是云泥之别。

她指着大妹大嚷："我把女儿辛辛苦苦地养大，我过分了吗？"

顿时，兄妹俩脸色发白，这是在指桑骂槐。胡母在丈夫判刑后很快丢下三个儿女，任其自生自灭，一家人从未提过这段过去。

"是你女儿看上我哥。"大妹回嘴，"她被你赶出家门，一直都是住在我们家的，我们一家人没有亏待过她！"

“你们一家人？你母亲丢下你们，管过你们的死活？”

大妹眼眶一红，哭了起来，甩开哥哥劝架的手，反击道：“那你女儿跟我哥在一起，算什么？”

沈阿婆挥着扫帚打了过去，小胡眼疾手快地拉着大妹跑开了，一溜烟不见了人影。

经过这次的事，邻里街坊全都知道了。胡母听人背后议论，脸上又燥又热，只能憋在肚子里生闷气。

老胡依旧每日闲得喝酒吃花生，他对妻子的怒气、儿子的留学或婚事都看在眼里，但是就是不管不问，他坐了十年牢，很多事也看透了。

胡母催着儿子马上收拾东西，离原定出国的时间早了两个多月，她就说：“先去城里亲戚家玩下，舅舅们常问起你。”

小胡听了母亲的话，第二天便走了。

老胡不愿意去城里的亲戚家，那帮人在他落难时一个个撇清关系，知道三个孩子在街上游荡没饭吃，不仅没人出来帮忙，反去劝他妻子改嫁。他看不起他们，即使他什么都没有也瞧不起他们。

两个女儿最后好说歹说，才把老胡送上去城里的车。

因为学校还没放假，姐妹俩还不能跟着一起去。

一天晚上，大门被人拍响，大妹警惕地问：“谁？”

“我，小沈。”站在门口的小沈一脸病容，门开启后，惨白的脸憔悴而无力地看向屋内寻找，问：“小胡呢？”

“他走了。”大妹抢先一步说，小妹硬生生地闭了嘴。

“什么？”小沈大惊失色，“不是还有两个月吗？”

“有亲戚在那边，不用等到开学再过去，亲戚已经都安排好了。”

小沈头上的闷雷一个接着一个炸开，她看着大妹脸上似笑非笑的表情，知道她说的是真的。即使在这时，她仍然能从大妹的脸上找到与小胡相似的痕迹，大妹与小胡最像。她点点头，流着眼泪走了。

小妹看不过去，小沈走后与姐姐大吵了一架：“哥哥知道后是不会原谅你的。”

“哥哥有他的前途。”大妹不会忘记沈阿婆那晚恶毒的话，街坊嘲笑她母亲也笑她，连她刚交往不久的男方家里都知道得一清二楚了，她颜面尽失。

小妹忍了几天，把这件事告诉了母亲。胡母一听便猜到了什么，看着在书房与表哥家的孩子们畅谈的儿子，说：“你给她送些钱过去，不要跟你哥说，听见没有？”

小妹“哦”了一声，当时不觉得有什么，毕竟家里都是母亲做主。后来听说小沈在医院难产，胡母想去医院看一眼，还没赶到医院，人已经没了。生下的孩子不能养在胡家，自家的两个闺女都没过门，惹来闲话不得了，儿子在国外已有了女朋友，更不可能说。

胡母思前想后，跟两个女儿商量完，大妹不作声，小妹说：“我去跟沈阿婆说。”胡母想了想，确实没有更合适的人，大妹跟沈阿婆有过口角，小妹说话有分寸，关键时刻也能沉得住气。

商量的最终结果是对外称这孩子是捡来的弃婴，小沈因为得了急病去世了，其间大部分的费用，由小妹出面垫付，沈阿婆收养女婴。稍微知道这两家底细的邻里，不难猜到其中隐情。

沈与成长的费用，胡家帮衬过，胡母也许是想到当年对自己三个孩子的亏欠，让小妹出面来关心祖孙俩。老胡病故后，胡母搬去国外和儿子一家一起住，大妹结婚后几年撺掇丈夫办理了移民，小妹原本也要去，但因丈夫生病耽搁了下来，孩子考上大学后，便将老宅修葺一番做了客栈。

沈与去国外念书时，小妹跟沈阿婆说过很多次，老人家知道这一别恐怕就是永别，她似乎早有准备外孙女不会再回来。

“沈与在西雅图见到了父亲家的人？”我问。

雨又停了，傍晚的天空比中午亮了许多。沈与走进客栈后，坐在前厅与老板娘说话，沈阿婆穿着棉袄，沧桑的脸上看不出表情，一双眼睛静静地看着外孙女。

这时，沈与伸出手握了握外婆的手，说：“外婆，我也想你，真的。”没说完，她就哭了起来，哭得撕心裂肺。

老板娘轻轻地拍着她的背，对老人说：“脾气也是倔。”

沈阿婆缓缓地点了下头，对沈与说：“不难过了，过去啦……”

沈与抬头看了看老板娘，说：“我不认他的，怎么说都不能认，在西雅图时我就跟他说得很清楚了。”

“不说这个了。”老板娘安慰她说，“你回来就好。”

杨婷轻轻地关上窗，说：“换成我也接受不了，两边都不想理会。”

“她从小被当作弃婴收养，心里一定很渴望有血缘关系的亲人。谁想到，亲人就在身边，矛盾还这么深重。”

“你说，陶乐乐他们是不是早就察觉到了，只是不好意思当面拆穿？”杨婷感叹道。

“或许吧。”

沈与抱着孱弱的外婆，啜泣着，老人枯瘦的手搭在她的后肩上，安慰着。

她的母亲年轻时，父亲常念诗词给母亲听。吴文英的《夜合花》是小沈最喜欢的一首，他当时没钱送她礼物，在山上摘了一堆夜合花送她，说：“这花的花语是幸福美满。”

麦黄色的月亮浮动着墨染的黑云，黄晕晕地亮着，像二十多年前的月色，照着二十多年后的人。

过去的苦，也许会有被偿还的一天，有的人没等到，有的人抱憾终生。

秋暮

巷子口忽然停了好几辆轿车，堵得让人难以通行，只能侧身而过，小心翼翼地不碰到其他人。

几个举止轻浮的男人，摆开了架势，把一个身材娇小的女孩逼到最边上，白净的衣服蹭到车上脏污，那两个男人咕噜咕噜地笑，像捡到了便宜似的。

周围几个看戏的路人，笑嘻嘻地等待着什么发生，结果什么也没有，那女孩飞快地往前奔去。另有几个好事者相互询问："那边发生什么事了？"

"204号的老头子，过世了。"

“哦，他呀，之前看他的脸肿得厉害，就觉得他心脏不好。”

“一直吸着氧气。”

我记得那老头睡在阳台的位置，经常头一抬就能看到窗帘掀起一角处露出的老人的脸来，他总是病卧在床，终日接着氧气，住着很小的一间房，大概是特意隔出来的一间小房子，除了能容纳一张小床外，其他什么也放不下。

一回头，306 号的妻子数落着拎着鸟笼的丈夫，夫妻俩刚去买菜回来，丈夫顺便逛了逛花鸟市场，买了只鸟说要送给老丈人。夫妻俩在儿子结婚后搬来老丈人家里住，顺便照顾二老。

人在屋檐下，不得不讨好别人过日子。

老丈人喜欢鸟，做女婿的也舍得花钱迎合。周围知道点底细的邻居见面就一顿夸，待夫妻俩一走，又忙咬耳朵：“他们的儿子搬了新房子，他们却不搬回去了。”

“哪里舍得，老人家的房子多抢手。”

周围听见的人都纷纷点起头来，说起听到的流言蜚语，都捂着嘴兴奋地笑着。

204 号有人打开阳台上的窗户往下看，大概想起这个时候管闲事不合适，赶紧又把窗户给关上了。楼下的人抬头看了看，又重新聊起来。

我经过 306 号的门口，老远便听到那对夫妻的吵架声，一个说买了只丑鸟，另一个据理力争，辩驳道：“这只鸟哪里不好看了？”

隔壁305号的老太太，似笑非笑地在阳台上收晒了一天的棉被，嘴角努了努，屋里的老伴抬起正在喝酒的脑袋，扔了颗花生在嘴里嚼着。

春困秋乏，秋天比春天更让人慵懒，周末的早晨我直接睡到下午才起床。

我准备出门去超市，看到302号的女孩穿着睡衣在门口拿外卖。我随口问道："刚吃饭呀？"

"嗯，他们都出去了。"302号的女孩说道。

她离家去念大学，半个月回家一次，考试紧张时一两个月也没时间回家。每次回家，女孩的母亲总是老早起床张罗伙食，女孩的父亲几年前因工伤处于半退休的状态，清闲是清闲的，收入少了，女儿上大学后，夫妻俩便找了个地方摆早餐摊。

"你一个人在家吗？"我问。

"还有只鹦鹉。"她笑嘻嘻地说。屋门开启，我看到饭桌上是一本本厚重的专业书，她擦了擦手上的墨水痕迹，拿着只吃了一半的青苹果，挥了挥手，门轻轻地关上了。

204号楼下摆着一堆黑色塑料袋，楼上传出念经的声音，赶来奔丧的亲友更多了，家里站不下，他们站在门口或楼下跟人闲聊。人一多，别说车子开不进来，连人也不好走。我费了半天劲绕了出去，回头看到一个男孩拿着饭盒坐在棋牌室门前吃，分了一半给他打麻将的老爸，认真地讨价还价："就是这个周末，同学们都去的。”

“跟你妈去说，我忙着呢。”

“你跟妈妈去说，我演唱会的票都买好了。”

“跑出去干吗？”

“就是要看演唱会啊！”

当爹的被烦得差点一口呛到饭，牌桌上的其他人纷纷躲避，护住自己正在吃的饭碗。

“好了好了，别跟我烦。”

男孩趁机把手掌伸向他老爸，立刻被骂起来，他老爸一边骂晦气一边抓了几张钞票给他，打发他赶紧走。

麻友们笑着起哄：“你儿子出去玩一趟，才给这么点，今天不是赢了很多吗？”

男孩留恋地看了看他老爸，被他老爸当作瘟神似的往外推，男孩数了数手上的钱，觉得还算满意，一转眼就跑了。

我找了找随身的小包，总算没忘记带购物袋，却听见那两个麻友又起哄：“上次看到你儿子跟个女孩子蛮要好的，不错嘛。”

男孩的父亲不作声，盯着手上的麻将。

“就是我们楼里的。”另一个麻友说了一声。

“两人一起逛花鸟市场，买了只麻雀……”

“不是，是鹦鹉。”

“不是喜鹊吗？”

麻友们你一句，我一句聊得可起劲了，男孩的父亲非常沉得住气，不回应。“糊了！”男孩的父亲忽然激动地一拍桌子，开始算起这把要收多少钱。

边上看牌的人说：“今天他手气真好！”

傍晚，天色渐渐暗了下来，有邻居总是很准时地打开收音机听苏州评弹。我将自制的柠檬水放入冰箱，听到不知从哪儿传来的几声“秋暮、秋暮”，像小孩捏着嗓子学老头说话，再仔细一听，声音又消失了。

那个字帖，我一直扔在桌子上。这时翻了几页一看，是柳永的词——《甘草子·秋暮》：

秋暮。乱洒衰荷，颗颗真珠雨。雨过月华生，冷彻鸳鸯浦。

池上凭阑愁无侣，奈此个、单栖情绪！却傍金笼共鹦鹉，念粉郎言语。

字帖是302号的女孩给我的，作为答谢，我送了她一些刚买的茶叶，她喜欢喝浓茶、练书法，她父亲的书桌上都是她的毛笔、砚台和各式各样的宣纸。上次见她刻了个漂亮的私章，用一根她自己编的中国结系着，拿在手上颇为别致。

她的父母平时叫她阿梅，据说她小时候最爱吃梅子，一定要吃到牙齿酸痛才肯罢休。去乡下玩时，跟很多小伙伴爬到树上采青梅，从树上掉下来却顾不得疼，边哭边拾起掉落的青梅。

大人知道后又好气又好笑，不知怎么唱起了顺口溜：小阿梅，霉霉的，吃个梅子，摔个跟头。

阿梅在父母回家前练了几张字帖，拿着在手上看，她写了一手漂亮的隶书，书桌上放着几枝海棠，花瓣上的水珠滴在桌上，闪闪的，像泪光。

笼子里的那只鹦鹉不知在说什么，乍听像在笑。阿梅抬头看了一眼，又看看门外。

我拿着伞，没察觉伞骨坏了，费了半天劲也没撑开，想着回去换一把。阿梅以为她的父母回来了，把门拉开一看，失望地看着楼梯口，桌子上的字帖团乱作一堆，她手忙脚乱地收拾起来，白皙的手腕和手指上蹭着些墨汁。

“你在家呀。”我说，瞄了一眼楼下，想偷懒不带伞，感觉毛毛雨不至于会变成大暴雨，吃个饭的时间我就回来。

没等阿梅回答，那只爱管闲事的鹦鹉咕咕地笑了起来，像喝醉酒的男人的声音。阿梅没好气地说：“这傻鸟笨死了，学什么不好，非学我爸喝醉酒的德行。”

我笑了笑，说：“他们快回来了吧。”

“还没，一大早出去还没回来，菜都凉了。”她无奈地说，一双眼珠子又瞄了一眼楼梯，走上楼的是楼上的邻居。

“你的字写得真好，这词……你喜欢柳永的词？”

“嗯，有点儿吧，小时候看古龙的武侠，杨柳岸，晓风残月，很喜欢。”她笑得有点儿腼腆，鹦鹉拍打了一下翅膀，似乎在表达不满。

回想那天在棋牌室门口那几个人的调嘴弄舌，我不禁好奇地多看了一眼这只鹦鹉。这时，鹦鹉又拍起翅膀来，喊着“秋暮、秋暮”，使劲地拍了几下翅膀。

“这只鹦鹉不得了，不仅会说话，都快会认字学文化了。”我笑道。

阿梅也笑了起来，开心地说：“逛花鸟市场的时候，发现这只嘴碎的鹦鹉特喜欢胡说八道，还喜欢问人家‘赢了多少钱’。有人回答几句，它就更起劲了，拍着翅膀问，周围都是看笑话的人。”她说着抱怨的话，但眼角眉梢却是笑眯眯的。

“你出去吃饭吗？”她看了看我手上的伞。

“嗯，今天不想吃外卖了，吃完去逛一圈。”

“能帮我带件东西吗？”

“行啊，是什么？”

阿梅犹豫了一下，说：“有个柜子，里面放了几本书，用密码就能打开。”

“在图书馆那边吗？”我问，鹦鹉又在一声声“秋暮”叫个不停，接着又发出一阵咕噜咕噜喝酒声，像是特地帮它害羞的主人转移注意力。

“嗯，一个朋友放在那儿的，我今天没出去。”她越说越小声，眼神穿过栏杆，盯着楼梯口看。

不一会儿，争吵的声音响了起来，是她打完牌的父母亲回来了。她吐了吐舌头，说："麻烦你了，我晚点过来拿。"

204号楼下的地上，留下很多黄黄的泥巴印迹，奔丧的亲友多待了两天，据说是料理完所有的事才回的。一年难得见上一面的亲友，只在有喜事、丧事时可以聊聊近况。人到底是多了点，喜事不嫌人多，丧事更要人多，年纪大点的人都这么说。

两个男子站在楼下一根接着一根地抽烟，一个说："等头七结束，事情做完。"

"阿姨和你难得来一次，不多待几天？"另一个问。

"不了。"他用夹着烟的手抓了抓下巴，像是慎重地考虑了一下，说，"我妈跟外公闹不开心很久了，这次是我爸说要来看看。"

"嗯。"另一个只管沉默地点头，喉咙里发出含糊不清的应声，一脚踩着扔在地上的烟头。

"你们改天来玩，等这里的事……"话说到一半就停住了，两人都在点头，无须言明地避开感情上的尴尬。

人的年纪越往上走，真情实感的表达就越生硬，要么打着花腔哭，要么僵直着脸像打了肉毒杆菌，天真活泼的孩子变得越来越像他们父母的翻版。

"舅妈今天那样，是不给自己台阶下，你不用理她的。"

"嗯嗯。"

"家里也没多少人要跟她说话，不过是看在舅舅的面子上，不想让他为难，他对我们几个总是很客气。”

“是。”

“大家也都看到了，错不在你，她一个长辈跟你摆脸子，起因还是大人之间的事。”

“这个当然。”

两人看着也早已成年，那句“大人”指的想必是他们父母这一辈。父母辈都还在的，哪怕年纪再大，说起自己也还是个孩子，有个什么事发生好像还能有依靠，起码自己不用手忙脚乱地面对亲戚族人的胡搅蛮缠。

过道终于清空了，做完事的人渐渐散去。

阿梅发了个消息问：“东西拿到了吗？”

我回：“还在去的路上。”

到了图书馆，拿着阿梅给我的密码打开箱子一看，是一本柳永的词集。词集的封面做得很古雅，扉页上写着几行隶书：秋暮，乱洒衰荷，颗颗真珠雨。

南宋胡仔的《苕溪渔隐丛话》后集引北宋严有翼《艺苑雌黄》里讲到，柳三变爱填小词，为人轻狂。当时，有人跟宋仁宗推荐了他，宋仁宗问他：“你那么喜欢填词吗？”他答：“是的。”宋仁宗便准了他：“你去填词吧。”

不得志的词人，终日混迹在妓馆酒楼，越发不受约束，自称是奉旨填词。

宋词多绵软隽永，闺房愁情，伤感的人读了只增愁绪。

柳永的仕途蹉跎潦倒，古人的笔记里记载不少，每个版本都有些不同的细节，传来传去，大多集中在他和宋仁宗之间，也是最广为流传的“奉旨填词”。

那些看似光鲜的事，没准也是当事人努力挤出笑容来做的。自嘲，往往也是看透了之后的冷暖自知，到头来开着玩笑安慰自己。

我不知道阿梅与那个男生之间的关系如何，却感到其中或许另有隐情。当别人认准你是这样的人，百口莫辩，除了说声“是的”，再多的辩解也是委屈。书的其中一页夹着张宝丽来相片，阿梅和男生拎着刚买的鹦鹉正对着镜头笑，她腼腆地想要回避镜头，那男生咧着嘴大笑着，指着鹦鹉，指着镜头。

回家路过 204 号楼下，空无一人，只有路灯照着地面黄黄的一摊。

我拎着夜宵刚进门，就听到门外有人在轻轻地扣，小声地说：“是我，阿梅。”

我开了门，她拿着一盒黑芝麻豆渣饼冲我一扬，说：“还有剩的，很好吃。”

豆渣饼不像是剩的，一口咬下去还有些热，吃起来很香，吃得手上嘴边都是黑芝麻。我的夜宵是一碗油豆腐粉丝汤，我和阿梅分着吃。

秋天的晚上，开着窗的房间凉飕飕的，半碗粉丝汤下肚，很暖和。

我把书给她，她拿在手上翻了翻，恰好翻到写了字的那页。她说："你知道吗，柳三变其实也没那么落魄潦倒，很多是以讹传讹。"

水开了，我泡了壶茶，问："你爸妈知道你在这里吗？"

"他们打麻将去了。"她笑了笑，便说起了词人，"柳三变生于宋太宗雍熙四年（987年），去世时大概是仁宗皇祐五年（1053年），他的父亲柳宜在湖南全州为官，宋朝不许携带家眷同行，他九岁到十一岁这段时间都与母亲在老家福建崇安，他被寄养在亲戚家，后来去汴京住了很久。"

"他云游了不少地方。"

"是的。柳永成婚时十六岁，婚后夫妻感情……"阿梅想着用个什么词才好形容，她对古时女子的婚姻心怀同情，柳永又是她喜欢的词人，斟酌了一会，"感情破裂了。"

"他是因为感情破裂，才混迹秦楼楚馆的吗？"

"这个就难说了。"阿梅似乎笑了笑，说，"也不能用现在的标准去看待。从他的词来看，笔下虽然多为身在红尘中的女子，但也有爱情的。古人行动的范围相对有限，能在湖南、湖北和钱塘跑来跑去总会有不少偶遇吧。"

"他在仕途上，怎么样？"

"通常传说的是，柳三变去世时是屯田员外郎，后世称他为柳屯田。这个说法比较广为流传，似乎也挺合适他的，符合他蹉跎潦倒一生的这一说法。我更相信《墓志》上称他为郎中，比员外郎高三到六阶。他是景祐元年（1034 年）的进士，要说蹉跎，从时间上算也该是真宗朝，不得志跟他的词无关。”

“以讹传讹的原因呢？”

阿梅喝了口茶，说道：“这个是推想，但我觉得比较可信。以柳三变的才情，他快到知天命之年才中进士，可见年少不得志。他生在官宦之家，但是仕途却屡屡败北，是件很郁闷的事。他词中的自嘲，很可能被外人理解为蹉跎，再加上宋人也很八卦，没有社交网络互通信息，往往只能从词意里做个设想。久而久之，信以为真的人就多了。”

“成名果然是要趁早，因为晚了，有些不实的信息也没机会驳斥了，真是郁闷。”

阿梅笑了起来，说：“是这样的。”

又闲聊了一会儿，她看了看手机上的时间，眼神掠过一丝落寞，说：“这么晚了，我该回去了，明天回学校。”

一连好几天都是刮风下雨，走在路上看着一片片树叶凋落，光秃秃的树枝伸展着，像个击剑选手正在寻找机会戳中得分点。

沿街的一排红房子，天井里长着一棵树，门开启，树下几个孩子在做作业，一张小圆桌上摆着翻开的课本。大人转身去忙别的事去，孩子们便扔了写字的笔，站起绕着小圆桌玩耍。

一声“秋暮”听得格外耳熟，我回过头一看，竟然是那只鹦鹉。许久没听见阿梅家的鹦鹉声，忽然在这里听到。

一个孩子从树下捡起一小段树枝，指挥着鹦鹉说话，鹦鹉发出一阵笑声，拍着翅膀，并没有听话。

这时，大人从屋子里走出来，立刻拉长了脸扮凶相，说：“你们要是不听话，不好好完成功课，我现在就把鹦鹉送回去。”

这下，我知道了这就是阿梅的那只鹦鹉，看她很喜欢，但不知为何却送了人。

我站在车站等车，偶尔回头看一眼那只鹦鹉。这时，一个男生从外面走进去，仔细一看，就是那个问打麻将的父亲要钱去看演唱会的男生，不知是否真的像那些麻友起哄的那样，他和阿梅一起逛花鸟市场。

他一进来，几个孩子中的一个警惕地问：“你来做啥？”

闻言，男生先笑了起来。大人拿着在削的苹果从屋里探出头来看，一看是认识的人，忙笑着说：“怎么说话的，小阮哥哥把鹦鹉送给你们，你们怎么能这么没礼貌？”

那孩子似乎还有些不信，凑近鹦鹉的笼子护着，以防小阮哥哥改变主意。

小阮自在地坐在小圆桌旁，拿着孩子们的课本看了看说：“这个简单，我教你们。”

削苹果的大人嘴角挤着笑容，问：“你爸上次来这里打牌，说你去香港看演唱会了，去了好几天。”

“也没几天，三天而已。”小阮的脸在课本后，像是故意躲着。

“你一个人去倒也蛮好的，毕竟男生，没啥可担心的。”

小阮不吭声，对着几个孩子讲解题目。那人削好了一个苹果，切成片放在碟子里，让孩子们自己拿来吃，然后转过头往屋里走去，又回过头来，问：“你要吃点什么？”

小阮摇头说：“我一会儿买个炒饭去，我爸打牌到现在，也该饿了。”

削苹果的大人笑了起来，特别高兴的样子，说：“难怪你爸在麻将桌上也肯给你钱，换成别人，不吵起来才怪。”

小阮不作声。这个“别人”不用想，说的是小阮的母亲，他母亲很讨厌他父亲打麻将，几次当着外人的面大吵，难听的话都说尽了。小阮父亲的麻友们很不待见小阮的母亲，都是邻里不见面也不可能，碰到皮笑肉不笑地应酬着，背后就纷纷议论她新添了多少时装和化妆品，不好直说的话用反问句互相问着：“也不知道打扮了去哪儿？”

“她上次去跳舞，也没看见老阮跟着去……”

小阮毕竟年轻，对大人的话中有话想不到那么深远，只觉得听着不舒服。

小阮很快站起身说：“我临时有事，先走了。”

屋里的人也不挽留，只说道：“你去吧，慢走。”

小阮匆匆离开，一步不停地往与家相反的方向走。

我等的车来了，忽然看到从中门下车的阿梅，拿着手机在说："我把鹦鹉还给他了，随便他和谁去看演唱会，以后都不想再提到这个人了……"

鹦鹉一声声叫着"秋暮"，听在有心事的人耳里也真是很恼人的。

卷四

晚晴风歇

婕熙，最近热衷于发掘新店开张，因为可以拿到优惠券先行体验，这样一来，她在主页上就能很容易积累高人气。

白天，她是个跟数字打交道的财务，一下班，就立刻换上夸张又时髦的造型做主播，立志成为生活的小白鼠，不知疲倦地探索着。喜欢她的人与讥嘲她的人数量旗鼓相当，她说在虚拟的世界里待久了，也就看淡了人生。

手头上宽裕了一些之后，她在地铁站附近租了间房，把她的蕾丝、绸带、丝绸、珠子和各种胶带全部从家里搬了出去。她的母亲名声在外，整个小区但凡眼睛没瞎、耳朵没聋的人都认识她家，婕熙对“成名趁早”深有体会。

我印象最深的是她母亲执迷炒股票，退休后天天泡在股市里，据说赚了些钱，三天两头跑超市买各种看着很高档的东西。婕熙的父亲因身体原因，处于半退休状态，一周只上两三天班。

夫妻俩，去哪儿都一块去。

某天去银行办业务，婕熙的母亲被一个长相猥琐、举止怪异的男人给吓到了，立马跳起来骂丈夫没保护她，动手打了丈夫一耳光，尖叫声传到银行外，所有人都沉默地看着，银行保安一时也忘了请他们出去。出了银行大门，受到惊吓的女人的谩骂声丝毫未停歇，路人露出怜悯的眼神看着那个被打骂的男人，默默地走开了。

婕熙知道这件事后，不知是恨母亲撒泼不知轻重，还是怨父亲的软弱。

母亲的脾气，是在她上中学后开始变差的，这些年每况愈下，骂起丈夫、女儿来，整栋大楼的人都能听见。要是收入像过去一样拮据，婕熙会继续忍受下去，看着父亲忍成了习惯，她担心自己的未来。

母亲不只骂人，还很独断，自己不能接受的事物，一概不许弄进家门，继续住在家里的话她将无法摆脱母亲的控制。

搬家的那天，她母亲是一路追着骂。车停在小区门口，旁人以为婕熙找的男友家里不同意，她这是要搬去跟男友住，站在一旁睁着眼睛瞎劝：“女大不中留，孩子长大有自己的想法。”

婕熙只管自己搬东西，没人帮她，她的父亲坐在客厅的电视机前，沉默地看着无声节目。

搬走后的两个月时间，她把电话打到家里，她的母亲拿起电话就开骂，歇斯底里，又哭又骂，婕熙听得整个人颤抖，她的父亲一把抢过电话给挂断了。

我见她把背景墙装饰得花团锦簇，像个粗制滥造的照相馆临时设计搭建的背景板，只要色彩艳丽，审美不重要。

“一个人住以后，才有了自己的生活。”她说。

以前穿什么衣服、考什么专业、加班到几点等，她的母亲都要过问，因为加班的事她母亲曾去过她上班的公司闹，她不得不辞掉刚加薪的工作。她的母亲，还要她去考会计师证，好去熟人的公司上班过稳定的日子。总之，凡是母亲看不上的事，一概斥责为一塌糊涂。

婕熙的表姐经人介绍跟了个开公司的小老板，引得亲戚们格外眼红，她母亲也不例外。

婕熙比表姐小半年，衣着打扮上表姐喜淑女风，黑长的直发，用发带固定，梳得一丝不苟，裙子过膝盖两厘米左右，色系偏粉蓝、粉绿，居家服、卧室用品都是粉红、粉桃、粉梅，角落摆满了长毛绒玩具，手机壳上镶满了各色水钻。

“我和表姐来自地球的两端，没有一丁点共同点。”她说。

我看着那面背景墙以及堆了半屋子的材料，问：“这些东西不是你的？”

“表姐打算开网店，签合约的时候没看清楚，等收货时才发现订单超过预算。网店没开起来，她的合伙人就跑了，现在还不敢跟家里说。”婕熙似笑非笑地调整摄像头，说，“她的未婚夫家里要找个听话的儿媳妇，结了婚以后当全职太太。这件事万一让准婆婆知道了，会说她败家的。”

“婆家财大气粗，你表姐不容易说得上话。”我看了一眼墙上的照片，那是她跟表姐的美颜合影，数码打印后贴在门侧的墙上。她的表姐有个很好听的名字叫蛮素，据说蛮素这个名字是喜欢舞文弄墨的父亲给取的。

“姨父加入了什么诗词会、书法会，没事吟点诗，写写书法。”婕熙努了努嘴，说，“姨父喜欢范成大的词，写了新的词专门挑家庭聚会来念，我还记得几句……”

“我不想听。”我笑着说。

婕熙笑嘻嘻地在手机上翻视频，说：“外婆九十大寿的时候姨父还当众念诗了，我一听不对啊，他怎么突飞猛进了，后来一查才知道是原封不动照着念的。”

视频上，蛮素的父亲感情充沛地念了一首范成大的《霜天晓角·梅》：

晚晴风歇，一夜春威折。
脉脉花疏天淡，云来去，数枝雪。
胜绝，愁亦绝。此情谁共说。
惟有两行低雁，知人倚，画楼月。

快结束时，那位姨父点评起了这首词作，左一句感伤，右一句情景交融，在座的人默默地听着，脸上挂着笑了一半的奉承。

蛮素一身裙装，标志性的黑长发用发箍固定着，拿着筷子的手像挑起一根细细的针，翘着小指。她身旁的未婚夫神情木木的，蛮素体贴地给他夹菜和拿纸巾。不一会儿，她站起身来露出一身白色长裙，脚上踩着双粉色的低跟皮鞋，站在包厢门口询问服务员事情，回过头来看餐桌时停顿了一下，发现头发没有弄乱，再转头对未婚夫笑笑。

蛮素的父亲终于发言完了，在座的人使劲地夸着，夸完不等他回答，立刻问蛮素的母亲："蛮素的婚期定好了吗？"

"定了吗？"我笑着问，视频到这里就结束了。

"三个月以后。"婕熙打开橘色的落地灯，觉得不满意，又从箱子里拆了个新的灯泡。

她说："表妹家跟表姐家闹过矛盾，表姐不太想请他们，姨妈惦记着礼金坚持要请。表姐未婚夫那边的亲友们个个都是成功人士，她想把自己的闺密介绍给未婚夫那边的人。可是，舅舅打电话给她母亲执意让她帮表妹介绍，表妹的年纪不小了，谈了两年的男友最近刚分手。”

刚说完，她的手机响了，电话那头正好是她表姐，听不到她表姐问的啥，只见她重复着说：“你决定吧，我没意见，你决定。”

挂断后，她说：“表姐问我伴娘礼服的事，还有她还是不想让表妹担任伴娘。”

“这么大的仇？”我好奇地问。

“舅妈和她母亲互看不顺眼很多年了，现在想让她帮忙给表妹介绍合适的人选，所以舅舅准备请她们一家吃顿饭。”

“亲戚家的事，真是……”我说着，看到她打开了摄像灯。

她，开始直播了。

我轻轻关上房门，坐在客厅里上网，角落里堆满了一袋袋绒花。绒花多用优质蚕丝为原料，通过染色加工，使用简易工具，运用概括、夸张手法，集中而简练地刻画出各种花型、禽鸟的特征，赋之以形，传之以神，使小巧玲珑的绒花、绒鸟活泼可爱。我记得婕熙学过制作绒花的手艺，传统的方法是用优质蚕丝作为原料，通过染色加工，再使用工具，勾勒出各种形态。在戏曲戏剧票友、古装剧粉丝及古风爱好者圈里，这种东西很受追捧，婕熙认识其中的同好，在她们的帮助下，用蕾丝、绸带、丝绸制成的绒花销量还是很不错的。她在 QQ 空间相册里，上传了不少绒花与木叶天目盏、仿古窑变陶瓷的图，木叶天目盏、仿古窑变陶瓷是蛮素跟开店的朋友借来拍照用的。

婕熙说起表姐蛮素，认为她这个人太好面子，囤着这么一堆货物，姨妈和姨父全不知情，未婚夫也不知道。

蛮素为了尽快脱手，制成绒花的材料只收成本费，急着摆脱这场财务危机。当财务的婕熙根本不看好她，摆起财务的架势，摇着手上的计算器，念着每笔开销。

蛮素并非是花钱无脑之人，但比婕熙的精打细算还是差了一截，心虚地问婕熙意见，后来就干脆让婕熙做主，月底两人对账，包括婕熙租的屋子也算在支出内。

准女婿叫潘葭，因生意上的事需要经常往返日本，每次都会带些可爱的小礼物送给蛮素，她拿来分给母亲这边亲戚家的几个女孩，大家都喜欢得不得了。

蛮素一边应付着准婆家，一边绞尽脑汁安排婚礼宴席之类，忙里偷闲还要盯着新房装修的事，更要小心处理着和婕熙对账的事情。

婕熙做完直播，推荐了几个新的餐厅和咖啡馆，靠在门框上一脸不可思议地说："你知道吗，刚才有人问我背景墙多少钱？我以为是开玩笑的，但人家很快就付钱了，没有还价。"

我相信只要曝光率足够，千奇百怪的东西都会找到买主。

我说："这不是很好吗？这是你表姐的杰作，她一定会很高兴的。"

谁知，婕熙笑了起来，笑得眼泪都流出来了，好一会儿才喘过气来，说："她的艺术杰作，加上她爸的诗作书法，天下无敌。"说完，又哈哈大笑起来。

家家都有些让人哭笑不得的亲戚。

婕熙拿出一本相册，这是她搬出来以后与好友出去采风时拍的一些风景，她说："等攒够了钱，我还想去欧洲。"

接着，她又幽幽地说："我爸以前也有爱好，他喜欢喝茶，我买了一套茶具给他，还帮他收集了四个很可爱的茶宠。

我妈一开始没说什么，后来不知为了什么事打碎了闻香杯后，事情就闹得有点不可收拾。我说可以再配一个，我妈就开始不开心了，说什么都不开心，总是没事找事跟我吵，我爸一句话也不敢说。再看看我姨父那样，我觉得又好笑又笑不出来，他退休前在事业单位做事，一辈子什么都不会，姨妈却把他宠到天上去，在家里什么事都不用做，连炒个番茄炒蛋都炒焦，念几句歪诗一堆人还都捧场，大家还都纷纷起哄让他开个书法展……回头再看看我爸，真觉得人真的不能跟人比。"

说着，她拿出一幅丝绸面料的挂画，画上绘着一栋孤楼，天高云淡的天空一群鸿雁飞过，上面草书了一首范成大的《霜天晓角・梅》。

“晚晴风歇，气清云闲，那种意境多美啊！我要是懂得词中意境，也不用忍了那么多年！”婕熙看着画布上的手书和画作，说，“挂画是我制作的，字画是表姐找来的人，她也知道她爸那几个字拿不出手。”

范成大是南宋绍兴二十四年（1154年）的进士，于宋孝宗乾道六年（1170年）出使金国。

在重阳节抵达金国的范成大，目睹了金人统治下百姓的悲惨生活，汴京已非当年的汴京，遍游旧京，凭吊往昔，一番惆怅在心头。

这次出使金国，范成大据理力争，不仅改变了南宋皇帝向金使跪拜受书的屈辱礼仪，同时还让金国交还了河南巩、洛之地的宋皇室陵寝。

《霜天晓角・梅》这首词就作于他出使金国之时。

词中，一片孤寒料峭，雁行低飞，身在旧京的词人，看着天上淡淡的云，置身在一片疏落的梅旁，春夜，有雁、有月、有梅，可是独倚楼的人孤独。诗词很“奇怪”，当时念着有口无心，偶尔某个场景，却让人有种幡然醒悟过来的内省。

婕熙大概是看透了亲戚间“尔虞我诈”的戏码，想想自家的情况，被衬托得彼此都成讽刺，还要一见面便堆笑着应酬。

傍晚出门，我跟着她去了一家新开的日式居酒屋，她钟爱鳗鱼饭，半路上她表姐又打来电话。这次似乎很着急，她忍了几次没有吼回去，说：“这么着急吗？”

婕熙听得很窝火，一直在对我摇头，恨不得挂断电话。最终，她说：“我现在在外面吃饭，等我吃完饭再说。”挂断后，她说，“表姐一定要来，你不介意吧？”

“不会，她有很重要的事吧。”

“她就应该跟家里坦白，现在逼我有什么用？”

我估摸着是为钱的事，问：“能瞒得住吗？”

婕熙做了个苦恼的表情，跨入一间居酒屋，走上二楼靠窗的位子。店里坐满了人，在挂满条幅和小灯笼的屋内，我们找了个位置坐下。

屋子里，一切都是小小的，却恰如其分地不让人过于逼仄。

我奇怪婕熙为什么会喜欢这里的环境。

她说蛮素经常要安排打理未婚夫家的事，还未过门便担任起了儿媳的角色，亲戚们表面上都夸，回过头就都讽刺说：“喏，倒很实惠的嘛。”

蛮素的母亲在亲戚们的酒桌上赚足了面子，下巴抬得比过去高了几分。表妹安吉绷着脸看，吃饭从来不和她们坐一桌。

有一天，蛮素的母亲随口对安吉的母亲说了句：“等你女儿结婚就知道了。”

一句无心的话，将局面瞬时搞僵。

在场的男人们只管喝酒，女人间的吵架不到动手便不出声。

安吉只觉得颜面全无，他们知道她恨嫁，奔着结婚的目的交往的男友谈了两年说分就分了，她想不通，可亲戚们却还个个语带讽刺，这太伤人了。

安吉的母亲，怂恿丈夫跟蛮素的母亲过不去，让亲兄妹关系激化。

身为舅舅，见到外甥女蛮素还是比较客气的，蛮素好面子也顾念亲情，毕竟是舅舅，见了面都会礼貌地打招呼，舅妈站在边上，她不好意思当场让舅舅没面子，顺便也叫了声“舅妈”，舅妈应也没应一声，一张脸像刚被人泼了洗脚水一样，佯装在包里找东西。

蛮素一愣，心想：你一个长辈跟我怄什么气，我是看在舅舅的面上才叫你一声，当着这么多人的面无视你的话，谁丢脸？

蛮素把这件事说给母亲听，母亲气得反过来数落她，这不她才跑来跟婕熙诉苦，气得连服务生端来的鳗鱼饭都只吃了几口。

婕熙等着表姐跟她说钱款的事，拿起手机算了起来，按了几下给她看，说：“月底的数额。”

蛮素“哦”了一声，继续吃饭，忽然抬起头看着婕熙，又看看我，说：“你们待会要去哪儿？”

“约了朋友。”婕熙头也没抬地回她。

其实，根本没有约朋友。

我塞了一大块鳗鱼到嘴里。蛮素可能察觉到了，说：“我本来约了朋友去看礼服，你们没空就算了。”

婕熙说过蛮素是个非常挑剔的人，有次她们一起去逛街，她差点在半路上累瘫。蛮素对细节的吹毛求疵，让她产生了心理阴影。网购是婕熙最主要的购物渠道，蛮素看不上网购，她对没有亲眼看过的东西难以相信。言下之意，网购在蛮素看来只能买点不值钱的小东西。

我感觉到蛮素的欲言又止，有外人在场，应该不好开口，我在想怎么找借口先走一步。但是，婕熙才刚说约了朋友，这会儿我走，倒像在拆她台。

“收益就这些，不够的地方你只能再想想办法。”婕熙放下筷子，缓缓说道，“这样弄，姨妈迟早会知道的。”

蛮素不说话，慢条斯理地拨着碗里的饭。

婕熙又说：“安吉上次来找我，看到我屋里堆着的那些货就问我是谁的，我说是朋友放在我这儿的。你知道她是聪明的人，虽然学业不怎么样，但对乱七八糟的事却精通得很。没准她回去就告诉舅妈，你知道舅妈那张嘴。”

“我又不怕她！”蛮素把筷子一扔，引得隔壁桌上的人伸长脖子看了看。她意识到自己失态了，这与她一贯的形象不符，忙补充说，“她还有事情求我呢，就是要我给她介绍男朋友的事，舅妈要找个又老实条件又过得去的女婿，她只要长得帅的。”

我笑了笑，装作不在意的样子翻看手机。蛮素看了我一眼，又看着婕熙说：“怎么了，我又没说错。她也老大不小了，还每天像梦游一样。”

“我以为你们很谈得来。”婕熙笑着说。

蛮素冷哼了一声，说：“本来觉得她很可惜，被她那个更年期的妈管束着，现在看起来她跟她妈真是像。”不等婕熙有何反应，她转过来问我：“你说说看，安吉也工作好几年了，她连个能一块出去旅行的朋友都没有，工作之外完全没朋友，一个都没有。”

我笑了笑，不打算参与其中。

婕熙沉着脸，想起她的母亲来，怨气兀自升腾。

这顿饭吃得寡淡无味，蛮素三句不离安吉一家三口，还好未婚夫打电话来了：“我有事先走了，晚上我再打给你。”话未说完，人已走下楼梯。

婕熙拿着账单，嘿嘿冷笑，说：“见识到了吗？”

离开居酒屋，夜色降临。

工作日的小巷人流不多，婕熙和我一路逛着街边的小店，看到中意的橱窗和造型就拍下来作为灵感素材。

“只有这个时候，我是最自由的，我不喜欢热闹，我宁愿孤独着自由。”

婕熙一边走，一边不时抬头望向夜空中的月亮，“我喜欢诗词里的清冷，让人清醒，让人可以从闹哄哄的生活中暂时抽离，喘口气。”

她的手机突然响了，我看了看，是她表姐蛮素。她叹了口气，按掉，过了几分钟又响了。这次她接起，问：“什么事？我……不知道，没跟我说过……”挂断后，她脸上的表情仿佛吞了口盐。

“你猜表姐刚跟我说了什么？”她说。

“钱的事？”

她忽然停下脚步，说：“未婚夫的朋友看了安吉的照片后，很想认识她，她在考虑要不要告诉舅舅。”

呃，不知婕熙是更喜欢清寒绝美的意境，还是感叹没有更多地参与亲戚间各种热闹的局？

范成大辞官归隐后，在苏州石湖度过了长达十年的悠闲时光，我们读着古人的诗词，遥想着一种悠然自得的境况。

但是，或许这些只不过是烦躁逼仄日子里的一点想念。

待月西厢人不寐

后来，我们终于明白擅自替人做媒，是会被人恨到骨子里的。

丝质的挂画上绘了《西厢记》的故事，配上赵令畤的一首《蝶恋花·庭院黄昏春雨霁》，颇见气势：

庭院黄昏春雨霁。一缕深心，百种成牵系。
青翼蓦然来报喜。鱼笺微谕相容意。
待月西厢人不寐。帘影摇光，朱户犹慵闭。
花动拂墙红萼坠。分明疑是情人至。

行草体的字样，飘逸俊美；画中的莺莺坐在窗前与婢女红娘说话，墙外头的张生翘首等待着。婕熙将花团锦簇的背景墙替换为这幅《西厢记》挂画，没想到一下线便有人来问售价，并且还谈妥了一个双方满意的价格。

“要是收入稳定，我就不做主播了。”她在电话里说。

“每天都要想新的内容，推荐有趣的消遣方式，冷嘲热讽的评论与日俱增，我有时候觉得那些酸溜溜的留言像是我家亲戚写的。”她无奈地说。

“等你成名以后，会听到更多的，这个不用担心。”我安慰她说。

她哈哈大笑起来，说：“晚上去吃麻辣香锅怎么样？这两天休息一直没出去过，下周我要出差。”

“财务也要出差？”

电话那头的她沉默了一会儿，终于憋出一句：“财务不能出差吗？”

我答不上来，但完全能感觉到她的心虚，说：“能啊，你突然要出差，太意外了。”

她突然愤愤地说：“非要拆穿我！我出去避避风头，搬出来住也要避风头，实在命苦！”

前些日子她的母亲突然出现在她的住处，一进门就盯着屋子堆着的那些货物，疑心顿起。事后不知她怎么应付过去的，但是神经衰弱了好几天。

“你去哪儿避风头？”我问。

“不远，周边小镇吃顿好的。”她自嘲道。

我们约了一个饭馆吃香锅，晚上不用等位，一坐下，她就给我看那幅《西厢记》的挂画，我说：“字写得真漂亮，这幅画很可爱，风格跟以往的不同，换了人吗？”

“蛮素找的人，说是一个在美院的朋友介绍的，字是姨父书法会认识的人写的，为了这幅画折腾了好些时候。”

“现在她爸妈都知道了，反过来跟我说要保密。知道我妈冲过来要找我，蛮素立刻赶来救场。我们家的亲戚从没这么团结配合过。”她苦笑着摇头说起了这件事。

“你妈知道了？”

“我死撑着没说，蛮素替我挡着，后来姨妈、姨父及时赶到把我爸妈给哄走了。”

“后来又怎么了？”

“坏就坏在这里，我妈跟舅舅通电话时说漏嘴了，现在大概所有人都知道了。”

“肯定全部知道了。”

一声叹息。

香锅端上，香辣四溢。

我拿起筷子吃了起来，婕熙查阅着最新留言，边删边说：“我要是会书画就不劳驾他们了，现在弄得真麻烦，简直烦死了。”

“怎么麻烦？”

“收入分成的事，不管我怎么算账，姨妈都认为我在占表姐的便宜，尤其知道我的房租是算在账上的。昨天干脆打了个电话给我，跟我说家里要装修要把东西先堆放在我这里，你说无语不！”婕熙不是轻易被亲戚的无理取闹气到发疯的人，但是这一次貌似不能淡定了。

“他们还是要靠你的人气，才能卖出商品的啊！”我说，蛮素的眼光不错，书、画出自不同的人之手，质量不算上品，但对许多喜欢手工和手绘的爱好者来说，是个能承受的价格。

“绒花和挂画的收入，扣除各项费用后也还不错吧。”我说。

“发不了财。”婕熙说。

婕熙上一份工作是在服装工作室做助理，每天忙个不停，她自己却觉得很开心，每天到处跑业务、拍摄、跟秀场，离时尚圈很近。每年新款上市，很多人问她要打折价，她喜欢被人围着的感觉，还未成为主播前她就已积累了相当高的人气。

在服装工作室的几年里她过得很多姿多彩，过着的是许多女孩梦寐以求的生活。不过，这种生活方式把她的母亲吓坏了，经常半个月连续出差、加班不见人。母亲在电话里质问她：“你到底是在哪儿？”

她的母亲，是如此恐惧她没有循规蹈矩地生活，加上亲戚们的添油加醋，她决定转行了。

“打算放弃了？”我问，开了一罐冰可乐，香辣加冰可乐的感觉又罪恶又痛快。

“就算要放弃，也不是因为他们。”婕熙放下筷子很认真地说，语气坚定，“坚持下去，也不是为了他们。你知道吗？人性是很贱的，你不去理会他们，保持距离，他们会觉得你很神秘，会试图来了解你。可一旦他们了解你了，会背后诋毁你、轻视你。我和蛮素、安吉从来没有超过亲戚以外的联系，因为现在这个事才加了朋友圈。蛮素人还好，很多事她看到也不会到处咋咋呼呼地说，她爱面子，当然不希望让人知道她是个八卦的人。但安吉就不一样了，她从小生活在舅妈巨大的阴影之下，如果我不搬出来，我现在就跟安吉一样，年纪不小，心智还像个十几岁的孩子，说话做事都透着股小孩子的幼稚，没一点心机。”

蛮素未婚夫的朋友叫徐皑，安吉的父母下意识地认定徐皑家跟表姐的未婚夫家境差不多，人还未见过，就先入为主有了好印象。

蛮素听母亲说，舅舅那边一直在问什么时候两家见一面，既然男方有意思，早点见个面也好。

蛮素反问：“要这么多人去吗？”

“你舅妈那种人，你又不是不知道。”她的母亲似笑非笑地说道。

“她现在还不知道表妹是为什么被甩的？”蛮素暗笑了一声。

她的母亲斥责了她几句，说："你舅妈当初先看上你舅舅，你舅舅第一眼没看上她，你舅妈就三天两头去单位等他，把你舅舅看上的女孩都给气跑了。好不容易跟你舅舅结了婚，却经常跟你舅舅吵架。安吉出生以前他们有过一个孩子，当时两人吵着要离婚，你舅妈天天一哭二闹三上吊，孩子就没了。我医院里的朋友说没的是个男孩，你舅妈伤心得不得了，你舅舅是独生子，她一定要生个儿子将来好分舅舅家的财产。"

"安吉知不知道？"

"怎么可能会让她知道？"

蛮素听着觉得可悲又凄凉，那么彪悍又得理不饶人的女人，一旦结婚也还是要靠生孩子来稳住自己的地位。想到自己，她不禁打了个寒噤，她哪里有资格瞧不起舅妈？转念一想，她心里还是有些不服气，

"舅妈这样的人，陪着安吉去相亲，这是相女婿啊？"蛮素幽幽地说。

安吉与前男友分手，在她看来就是舅妈插手太多，恋爱是男女双方的事，次次约会非要搞得跟两个家庭联谊似的。不许安吉和男友单独出去旅行，不许安吉和男友约会玩得太晚，两人去唱歌，她也要跟着去做大大的电灯泡。这样的丈母娘，应该没有几个男人可以忍受的吧，所以安吉被分手也在情理之中了。

蛮素算是看明白了，舅妈这失心疯的行为全是她自己当年追

舅舅留下的阴影，听说最后是奉子成婚逼着舅舅娶她的。

结婚后，婆家很不喜欢她，但仍尽心尽力地照顾好她。怀孕时的女人脾气大些，不好伺候，但她自己作的也没天了，一不高兴就作天作地要回娘家。婆家看在她身体的情况上，劝她不要这么闹。她可倒好，反而闹得更凶了，以为舅舅会来求她劝她。谁知，舅舅根本不理会她，她一个人回的娘家，又一个人灰溜溜地回来了。不过，矛盾在她眼里就结上了。

这几年，家里老人的身体每况愈下，安吉与她的母亲极少露面，但若说起房产的事，却从未缺席过。

作为家中唯一男丁的舅舅年纪越大，竟越听起老婆的话来，惹得姐妹几个都有了怨气。

最近老人身体不适住院，安吉一家三口竟然都没有去医院看望，就更别提照顾了。

姐妹几个气得不成，商量下来最后由婕熙的母亲打了个电话，总算在二老出院那天安吉一家出现了。

不出现还好，一出现竟惹得同房其他病人们的七嘴八舌。

安吉由着她母亲打扮得五颜六色，超短裙配高筒靴子，长头发扎到头顶，走起路来左右晃马尾。

一个病人家属与婕熙比较熟，低声说：“你表妹打扮得蛮有年代感。”

婕熙强忍着笑，安吉这一身浓浓 20 世纪 80 年代舞厅风的装扮一看就是由舅妈一手包办的。

“相亲相得怎么样？”我问。

婕熙做了个鬼脸，干脆地说：“很不怎么样。舅妈见过对方后，饭还没吃就开始摆脸色了。舅舅顾虑到表姐和未婚夫的面子，整顿饭一直在打圆场。”

“看不上人家吗？”

“差点翻桌子。”婕熙推开面前的空饮料瓶，说，“原来，那个徐皑之前结过婚，条件一般，长得还不错。舅妈一听到对方结过婚，脸色就难看得不得了，安吉好像没什么意见，舅舅觉得要看安吉的意思，但安吉什么意思在她母亲那里都不重要。”

“你之前好像说双方都还满意，安吉跟他见过面？”

“嗯，表姐和未婚夫都在，四个人去迪士尼玩了一次，安吉当时就知道了，只是在她母亲面前却说不知道。舅妈现在看到蛮素就摆着脸说非常难听的话，还跟她未婚夫说表姐欠了高利贷……”

“这话说得太过分了吧？”

婕熙抿着嘴角摇头说：“前些时候，她还肉麻兮兮地说要送表姐十八个蹄髈，不过现在翻脸了。但有意思的是，我听表姐的意思，安吉挺喜欢对方的，常发消息跟表姐打听徐皑的情况。”

“你表姐还回答啊？”我喝完最后一口饮料，问服务员要了账单。

婕熙算了算钱，说：“这顿我请。明天你去不去吃河鲜？”

“去啊！”我一想，又问，“方便吗？”

“有什么不方便的。”结完账，她走在前面，说，“表姐当然不想再搭理安吉了，本来她的脑子就有点……幼稚，太幼稚。出了事，把责任都推到表姐身上，表姐两头得罪人。”

“不参与，就是运气。”

婕熙哭笑着摇头，其实她母亲也考虑过让蛮素帮忙给她介绍的，只是因为她搬出去住了，计划被打乱了。

回去的路上，她说起了制作挂画的事，说到了词人赵令畤。

赵令畤，是宋太祖次子燕王德昭的玄孙，词体因言情特性所限，极少用来叙写故事，通常是一首词咏一个人物，最出彩的是以十二首《商调蝶恋花》组成的一套鼓子词，道出莺莺与张生相悦相恋之事。

燕王赵德昭死因不明，皇位到了宋太宗一脉手上，赵令畤皇室的身份也成了种累赘。他与苏东坡相交甚好，苏东坡惜才，曾推荐过赵令畤，后因苏东坡在官场上受到打击，赵令畤也受到牵连被新党排斥，列名元祐党籍。

婕熙喜欢赵令畤的《蝶恋花》，尤其喜欢他以梅花创作的词作，觉得词风清新绝俗。在烦躁又无法脱身的境况里待久了，她对一切充满了怨恨。在公司里，她被品行不端的男同事嘲讽，回家又被三姑六婆轰炸。

母亲问她："我要像你一样自私自利，你有今天吗？"

婕熙无法反驳她的母亲，更不能接受或顺从，听话使她越来越失去自我。看到曾经的同事一个个在时尚领域混得风生水起，过着她向往的生活，她就觉得惆怅不已。

一路上，她说起这件事就恨恨不已地说："我妈这个人太好面子，别人一说什么，她就全写在脸上了。舅妈当时跟她说像我这样不结婚跟那些人一起很不好。我妈听了立刻翻脸，其实是表妹看到我主页上的照片，说了一堆乱七八糟的话，舅妈听了还到处跟人说我私生活混乱。"

听起来，真是让人哭笑不得的，但在好事且消息闭塞的亲戚成员之间，不亚于一次核裂变。"我宁可跟无生命的面料待一整天，也不想看到那几张脸。这些亲戚，一个个希望你过得比他们差，这样他们才会安心。"说完，婕熙似乎觉得说得不妥，又加了一句，"我们家是这样，别人家应该不是的。"

"很多是这样，很多的。"

次日一大早，我与婕熙约了在长途车站等。

她说要考驾照，准备买辆车代步，没有父母亲的支持计划暂停，于是，她省下钱来专心研究面料，制作绒花和挂画。

姗姗来迟的她，背了一个黑色的旅行包，里面装了不少她新制作完成的绒花样品，其中两款是定制款。我看了下价格，问："什么场合戴？"

“有家制作公司联系我，他们专门拍摄古风照片，中式写真近年势头不错，他们想找更多的饰品来拍摄，类似绒花、通草花、春仔花这些。我每天都觉得时间不够用，想学更多有趣的东西，帮表姐只是很小一部分，她自己也知道，我和她这点默契还是有的。安吉倒好，总是觉得好看就直接问我要，还要挑最贵的拿走。”

“给了吗？”

“没。”婕熙找了个最后排的位子坐下，背包抱在手上，说，“舅妈一看照片，跑去跟外公外婆说我诅咒二老，专门做这些死人戴的东西寻晦气。我妈急了，一个个电话打给我问怎么回事，我解释了很多遍，表姐也解释了，但是外公外婆还是被气着了，他们才出院不久。”

我叹了口气，人世的确是场磨难，总有人在意想不到的地方给你一刀。

这次吃河鲜，她完成了几组拍摄，顺便见了个工作上的合作伙伴。

她特意选今天，另一个原因是她外公大寿，不去不孝顺，去了看到舅妈那张扬扬得意的脸，她根本吃不下饭。

想想也是，坐在一张饭桌上的人，各怀心事，表面上其乐融融，私下里却没一句是“掏心掏肺”的话。

蛮素打电话问婕熙在哪儿，她说在工作。蛮素似乎并不相信，只说：“你放心，你住的地方不会有东西堆进去，我跟我妈说过了。有件事，我要你答应我。”

婕熙一听，把没打开的水扔给我，说："什么事？"

"舅妈要是来问你，安吉是不是还在联系徐皑，你就说是。"说完，蛮素便挂断了。

婕熙一脸惊愕地看着我，说："他们在饭桌上到底经历了什么？"

我摆弄着她背包里的饰品，放在《西厢记》挂画下，赵令畤的词与背包里的绒花，在微风吹动下轻轻地动了动。

那一刻，忽然让人心里一动。

我们追逐古意，细细品味古人的文辞作品，琢磨他们的所思所想，但还是会回去过自己浮躁、焦虑的生活。

只有这样，才越发体悟到可望而不可即的甘愿，人总是要追求某个目标，不在于是否得到，而是只有朝着那个方向走，才不至于彻底沦陷。

寸心万绪

柳永的《婆罗门令·昨宵里恁和衣睡》：

昨宵里恁和衣睡。今宵里又恁和衣睡。
小饮归来，初更过，醺醺醉。
中夜后、何事还惊起。
霜天冷，风细细。触疏窗、闪闪灯摇曳。
空床展转重追想，云雨梦、任攲枕难继。
寸心万绪，咫尺千里。
好景良天，彼此空有相怜意，未有相怜计。

昨宵又今宵，醉醺醺的人，和衣而睡，到夜半又被寒风吹动的窗惊醒。失意的人，惦记着心里挂念的人，即便是良辰美景入眼，也只徒增伤感。

入夏以来，天气阴晴不定，白天三十多摄氏度，一会儿下雨，一会儿出太阳，黏腻的空气让人很不舒服。到了晚上，以为盖条薄毯便能应付，谁知又冷得需要把刚收拾好的被子拿出来。

半夜里饿醒，我起来看手机，在朋友圈里忽然看到婕熙新完成的挂画，画上用行书写了这首柳永的词，画作是她上次采风拍摄的村落暮景，做了些修改，画在丝绸上，色调很是清雅。

前两天，我问她绒花生意怎么样，她说还不错，但是挂画却让她很头疼，牵扯到太多第三方的酬劳，以后可能就不做了。

说起她母亲，她语气中透着埋怨："我要是从小像表姐那样念各种兴趣班，今天就不用去求别人了。从小就眼睁睁地看着姨妈送表姐去上各种兴趣班，高考加分进了不错的大学。我妈开口闭口就是别人家怎么怎么样，从来不说她对此付出过什么。"

日积月累，婕熙对原生家庭的怨是更深了。

得不到父母的支持和帮助也罢了，父母强势的控制欲，成为她人生路上最大的阻力。

她说，几年前她本有机会外派，家里恨不得她早日飞黄腾达，买房购车，但母亲一想到她可能一去几年不回来，嫁到国外，以后无法照顾家里，便干脆地泼冷水说："这个家呢，你是看不上的，要么你早点出去，把东西清一清，一起打包过去吧。"

后来，她还提过两次，父亲比母亲更反对，一边让她买辆车给家里，一边又说身体不好，没人照顾准备提早去养老院。在亲戚间的酒席上，她的父母娴熟地还唱起了双簧："将来不要想儿女来照顾，趁着能走动，早点找一个好一点的养老院吧。"

"没想过靠别人，老了我们自己照顾自己。"

亲戚们默契地附和着。

所有她见过、听说过的别人家的父母，聊起自家的儿女都是明贬暗褒，只有她的父母会把什么话都说出去，连她的私生活也照样说。为此，她跟她母亲吵过很多回。不过，再后来，她开始有些同情他们了，在别人天花乱坠的吹牛摆阔中，她的父母热衷于接受旁人的注目礼，只有当旁人安静下来听他们说话，她母亲的脸上才显出一种自信的光芒，充满着使命感。

那时，她心里感到很难受，为她的父母，为她从小生活在这样的环境而难受，她从未对自己有过半点信心，所以当初才会大跌眼镜地放弃别人羡慕的工作，辞职去考会计，过她母亲认可的生活。

随着表姐婚期的临近，她的终身大事又被"口诛笔伐"，偶有几个善解人意的亲戚对她说："暂时不结婚，交个男朋友还是要的。"她的母亲，因此更觉得脸上无光。

婕熙和表姐蛮素年纪相差不大，蛮素与未婚夫谈了好几年，不知是男方家里拖延，还是两人不急着结婚，但没人觉得蛮素会嫁不出去。婕熙就不同了，在漂亮的表姐的衬托下，外人一看似乎就能猜到婕熙未婚的原因。

“我妈现在就是急啊，万一我表妹再结婚了，那就只剩下我了。”那天去吃河鲜时，婕熙闷闷不乐地说，“安吉跟那人没结果后，我妈倒松了口气，她表面上不说，心里跟姨妈她们一样看不惯舅妈的装腔作势。”

“你家里的堂表亲戚都结婚了？”我问。

“还有两个吧，刚毕业工作。”

“要束缚住一个人，最直接的方法是什么？”

婕熙喝着杯中的酒，她喜欢喝些果酒、红酒，常常一个人自斟。想来她在挂画上找人手书柳永的词，也是很契合她的心境的，只是缺少个可以思慕之人来增添更多伤感。

“到如今明白了，失意的人不会为了些小情小爱而活的，那太奢侈了。”她说。

半夜睡不着起来翻手机，我不知道算不算失眠。

过了一会儿，我放下手机准备继续睡觉，忽而听到雨滴敲打在玻璃窗上。深夜里的天空竟然不完全是漆黑的，而是深深的蓝色，远方的摩天大楼上亮着建筑施工的灯，很亮，在没有周围建筑物遮挡的上空，偶尔会传来建筑工人模糊的吆喝声。

近处的屋檐落着雨滴，摆放在阳台上的盆栽在雨中摇曳。

一个人若觉得孤凉、寂寞还是美好的，至少有期待。

婕熙最近常常说对很多事厌烦了，连她母亲的想法她也不在乎了。对她来说这是件极大的事，每当她取得一点点成就，她最渴望来自母亲的肯定。可如今看到母亲只把她当作一个可以炫耀的标牌，在亲友前堆着一脸讨好的笑，她只觉得有难以言说的苦涩。

她无法让母亲明白一个最简单的道理：一个人过得好不好，不需要别人来肯定。

婕熙从小被灌输着一种思想，但凡做任何事，势必言人家怎么想。工作以后，她最恨母亲常挂在嘴上的那句：人家会怎么看我呢？我不要让人家在背后说我……

“要是负担不起房租了怎么办？”那天一边吃着河鲜，我一边问她。

“挂画要是不做了，还是会继续做绒花、春仔花、通草花。”她说，“不过，不会再跟表姐合作，她收回本就不再继续做了，以后就安心地当少奶奶。”

“专职做少奶奶？”我笑着问。

婕熙点了点头，说：“很可能，她自己不是太愿意吧。她婆婆要她打理家里的事。”

“她肯？”

“她不想，姨妈她们却觉得可以啊！”婕熙笑笑说，“舅妈这回听得眼睛放光，嘴上说女人不能没工作没收入，转过头到处找人给安吉介绍相亲，也想帮安吉找个可以做全职少奶奶的婆家。”

我开玩笑地说：“所幸这不是后宫戏，不然还了得。”

有阵子，没看到婕熙更新空间，于是，我问她是不是在准备新品。

她很快回复我说，在替蛮素赶工一套绒花预备结婚时佩戴。

蛮素特意叮嘱婕熙绒花要喜色，呈蟹状的张牙舞爪，在热衷喜红色的亲戚们看来会尤其顺眼，总之大红色是不会出错的。

“他们都太不懂审美，除了大红挑不出别的。蛮素自己倒是知道绒花其他颜色也美，不过，为了免人闲话，还是选红色比较保险。”

婕熙咬了咬牙说，“安吉看了后很喜欢，说她的伴娘礼服上也要一个，别在裙子上，舅妈知道绒花不便宜，便一个劲地帮腔说礼服搭配绒花才最好看。已经什么时候了，我哪里还有时间赶出来啊！这下可不得了，在背后说我抠门，还说我在账上做手脚，让表姐吃亏。”

明明是表姐蛮素的婚礼，婕熙被舅妈她们搅得却先神经衰弱了起来。

我问是不是还有别的事，婕熙迟疑了下，“嗯”了一声，说：“表姐的钱，现在基本上已经回本了，姨妈看着生意不错想继续做下去，准备跟我重新算一下账。我宁可关门大吉，也决不会跟姨妈再谈合作的。”

“你完全可以独立运营，不需要她们帮忙插手，而且你是有会计师资格证的会计师，很多账务上的事是她们仰仗你，而不是你去讨好她们呢。”

“对。”婕熙难得地笑了起来，仿佛如释重负。

后来，我们聊到挂画。

她说：“最近，我新认识了几个美院的学生，风格是我喜欢的，书法也找到了人，以后我就出文案创意和面料制作。”

“那幅《婆罗门令》，就是你们一起制作的吗？”

“是的。”她笑得很开心，“我们待会有个茶会，随便聊聊，你要不要来看看？”

“嗯。”

茶会，在婕熙住处附近的一个茶室。

我先去到她的住处去等她，一进门就见她家里堆积的货物已经少了很多，房间重新整理了一遍，多了一些制作工具和新材料。她说房租现在是她自己在付，姨妈知道她不肯合作后，疯了一样问她房租的事，貌似吃了好大的亏。

蛮素自己知道，这件事上婕熙帮了自己很大的忙，在母亲一天十几个电话找婕熙闹不愉快时，她让婕熙将电话转接给她，一向温言细语的蛮素反问母亲："现在损失什么了？钱是我自己的。"蛮素的母亲忽然不吭声了，得知婕熙与蛮素账清了以后，这件事再也没提过。

去茶室的路上，婕熙一直跟我说着工作上的事："前两天接了个订单，要按时交货必须找人帮忙。所以，我打算辞职了专职做，也跟公司递交了辞职信，不过还没批下来，估计最快也要下个月。"

"家里知道吗？"

"我爸知道，我妈……"她叹了口气，说，"我得挑个时间专门跟她好好说下。"

茶室里人不多，婕熙的两个朋友已经坐在靠阳台的座位上了，两个穿着棉麻长衬衫的女生，看起来稚气未脱的样子。她们其中一个出设计，另一个会写一手漂亮的书法。

这两个人，婕熙是通过表姐介绍认识的。

"蛮素是谁？"设计师问，她似乎并不认识蛮素，对婕熙的绒花印象深刻，"我看到一个帖子上有人在问。"

婕熙有些惊讶，说："蛮素跟我说你们其中一个是她朋友的妹妹，你们都不认识她吗？"

设计师和同伴都笑了起来："我们认识徐皑。"

婕熙一愣。原来，设计师是徐皑的堂妹吁吁，还没毕业，同伴是吁吁的好友阿黎。

阿黎比呼呼更能说，话匣子一开便收不住了，眨着眼睛问："原来你们是表姐妹，我记得还有一个谁……"呼呼白了她一眼，阿黎忽略不计，继续问："是不是叫安吉，介绍给你堂哥认识的女生？"

呼呼对着婕熙尴尬一笑："她知道这个事。"

婕熙"嗯"了一声，问："后来没成功，我舅妈就是安吉的母亲反对。"她小心地避开徐皑结过婚的事。

"这个事，我哥后来也当过去了。"呼呼扭着手指，阿黎做了个鬼脸拍了拍她膝盖。

呼呼继续说道："我哥离婚那个事，被家里念了很久。他当时跟女友是先领了结婚证，才筹备婚礼的。因为工作太忙，也都没跟家里商量，等到筹备婚礼时问题就出来了。女友那边很积极地在筹备婚礼，结果堂哥家这边完全没有动静的样子。女方家肯定不开心了，于是提了很多要求，堂哥这边倒都答应了，谁知伯父他们不干了，觉得太被动了，婚礼太铺张了。后来就因为这些僵持了起来。"

"就因为这些，分了？"婕熙问。

呼呼长长地叹了口气，点头说："一开始我也认为堂哥应该早点跟家里商量，后来看到女方那家人这么闹，觉得还是分了好。两人离了以后，堂嫂过了一年不到就结婚了。"

我试探着提起安吉的名字，问呼呼："你见过她吗？说是看了照片两人才认识的。"

"这个事嘛，"呼呼努力挤出一个笑容，阿黎接过话头说，"是她说先见个面，认识新朋友的。”

“真的？”婕熙好奇心顿起。

吁吁对好友挤了挤眼神，点了点头，说：“蛮素可能是这么说的，我堂哥看上照片里的安吉了。其实，他真没有……”她谨慎地笑了笑。

婕熙笑着说：“你只管说，我知道的也都是些亲戚间传的话。”言下之意，婕熙和安吉虽是表姐妹，关系却是非常疏远的。

徐皑的朋友，就是蛮素的未婚夫。

安吉的母亲，自从知道蛮素未婚夫的家境后，心心念念地要找机会跟蛮素一家拉近关系，其实就是想求蛮素能给安吉介绍个有钱的男友。蛮素看在舅舅的情面上，答应了下来。以她对未婚夫那些朋友的了解，也就徐皑算是个正直的人，其余有点小钱的单身汉没有一个缺女友的，并且还三天两头换女友。

徐皑与安吉的见面，是刻意安排的。

蛮素先让未婚夫把徐皑人约来，人一到，蛮素便说报名参加的活动还缺个人，徐皑一听便知道了，答应到时候去接安吉一起去。

基本上从一见面，安吉的母亲就已经在着急结婚的事了，张罗着买金器，又贷款买了辆车做嫁妆。

“那辆车，”婕熙点点头，说，“那辆车，现在还停在小区里呢。”

吁吁若有所思，“嗯”了一声。

阿黎忽然问道："听说安吉家里人都吵到徐皑的公司去了，是真的吗？"

所有人都盯着婕熙看，她茫然地眨着眼睛，反问："还有这件事？"

忽然，大家都笑了起来，不知是不好意思或者是感到尴尬，话题又回到了工作合作上来，气氛瞬间变得轻松而愉快。

湿润闷热的天气，傍晚终于下起雨来。

婕熙和我都没有带伞，她自在地走在雨中，反正怎么着也是被雨淋，索性不着急了。她说："好像我还不算太糟糕。"

"当然不。"

"要是真信了舅妈说的那些，我就要抑郁了。安吉从小被保护得非常好，等着日后被转交给丈夫。"婕熙的脸上不断有水珠子落下，雨落进眼眶，眼睛又红又肿，"你知道吗？我拍张新买的护肤品照片，都能在饭桌上听到舅妈冷嘲热讽地说'有钱了，买点贵的应该的'这种话。"

婕熙的头发几乎湿透，我拿了纸巾给她。

她说："哎，我的这些亲戚们终日为了极小的事情吵到翻脸，过不了两天又黏上去各自讨好，真不知道图些什么。"

她接着又说："蛮素应该有些后悔选择跟现在的未婚夫在一起，她应该有过喜欢的人。最终，还是因为担心姨妈的反应，才做出这样的选择的。安吉不同了，她完全可以由舅妈做主。"

说完这些，她就上楼了，我转向去地铁的方向。夜空中，升腾起白雾，没有月亮，也无星星，路面上闪着刺眼的水光。

那一刻，在城市寂静的初夏之夜，我仿佛听到来自千年之前的悠扬铃声，伴着风和雨，吹动窗格，让人辗转地回想一些事、一些人，不休不止地。

院落深沉

洪迈，是南宋饶州鄱阳人（今江西省鄱阳县），你若是没看过他的《夷坚志》，也许听说过他的《容斋随笔》。

《容斋随笔》，是他历时四十年以散文方式写成的史料笔记，被历史学家公认为研究宋代历史必读之书。

婕熙新制作的一副挂画上，手书的一首词就是洪迈的《踏莎行·院落深沉》：

院落深沉，池塘寂静。帘钩卷上梨花影。

宝筝拈得雁难寻，篆香消尽山空冷。

钗凤斜敧，鬓蝉不整。残红立褪慵看镜。
杜鹃啼月一声声，等闲又是三春尽。

最近，婕熙变得有些安静，不知道是因为专注忙手上的工作，还是因为终于离开让她感到压抑的生活环境，总之变得很安静。

婕熙与母亲的争执，没有因为她的搬走而缓和，倒是自从她独立经营挂画和绒花的生意后，与亲戚们的矛盾变得少了。

婕熙一度打算送幅挂画给表姐，以贺乔迁之喜。

当初，蛮素在给新房装修时，曾添置了几幅画，看上去很名贵，不过是贵在画框。据说，这几幅画是蛮素一个住在比利时的朋友帮她代购的。婕熙看过，有些怀疑蛮素的眼光，以为是什么名家，结果还不如一般画廊里的练习作品。这些画，挂在中西结合的设计风格屋子里，有着一种扎眼睛的冲击力，不过，蛮素的母亲和准婆婆都很认可这种设计风格。

婕熙把出租屋稍稍规整了一下，为了符合仿古的意境，她特地买了两个价格不菲的方壶，随着季节的转换添置不同的鲜花，阳台上也多了许多精致的小盆栽。有几次，我和她约吃饭，聊的都是买书的事，她感叹很多书店纷纷关门，勉强维持的书店都经营起了咖啡，大部头的书无人问津，许多经典的书已成绝版。

“所幸，做传统物件的工作室很多，喜欢用来装点门面的人也多了起来。”她无奈地一笑。

“你是不是去参加过线下聚会？”我问。

婕熙热衷参加此类聚会，还结识了几个志趣相投的人。她说：“真是一言难尽。人多的地方就有江湖，一开始挺好的，时间久了矛盾就多，为了鸡毛蒜皮的事勾心斗角，闹了半天也不知道是为了什么。”

“不去了？”

“不去了，精力不够，工作之外的事太多了。”婕熙在手机里翻出她表姐的婚纱照，对我说：“这套礼服搭配这个绒花，你觉得好看吗？”

照片上的新人不知道是不太习惯浓妆，还是其他的原因，整张脸在镜头前呆呆的。

我说：“有点儿扎眼，色调太饱和了。”

婕熙立刻点点头，说：“所有人都一致夸好，我看了半天也没看出来好在哪儿，很多人去拍艺术照也是这种感觉，一眼认不出来是谁。后来我才知道，拍婚纱照的地方是舅妈和姨妈一起去选的，她们不知怎么又和好了。”

婕熙笑得乐不可支，我看了眼周围投来的好奇的目光，小声说：“今天的咖啡馆有些冷清呢。”

婕熙收敛住笑声，道：“伴娘里没有我。”

我“嗯”了一声，见她并没有失望的表情，说：“那幅挂画呢？”

有洪迈《踏莎行》行书的挂画，她没有送给蚕素，也没见她贴出已售出的标签，我有些好奇。

“在家。”

“没售出？”

“这幅是非卖品。”

见她垂着眼睑，不想多谈的样子，我便转移了话题：“下一次什么时候去采风？”

“下午，去看庭院。”

我以为她是说笑的，没曾想很快她就打了个电话，与对方约了见面的地点。我说：“你是搭车去？”意识到她的旅途有了神秘同伴，我赶紧止住问话。

婕熙看出我的疑惑，说：“跟一个朋友去，坐车很方便。”她拍了拍随身的黑色背包，平时塞满各种面料样品的包这次是她的个人用品，原来她早有准备。

我与婕熙在咖啡馆门口分别，她转向下一个路口去与朋友碰头。看着面前的十字路口，我发现人生的转角通向四面八方，时而汇聚，时而去离。

洪迈笔下的《踏莎行》，是一首闺怨词，一眼望去的院落、池塘，抵不过相思之苦，帘钩卷上也只有“梨花影”做伴，周围是如此空虚、寂寞。

回想婕熙的那幅挂画，呈现出的意境倒是很切合。

婕熙，在上传过一张蛮素喜宴时的照片后，再未更新过。

很多人一旦不联系，便成了虚拟的存在，犹如一条信息或一张照片，看起来很近，实则很远，再无什么交集。

我和婕熙，不知为何成了这样的状态。

有天，婕熙上传了一张穿着马面裙的半身照，我猜想这是她本人没错，如果不是去拍艺术照，多半是有喜事发生。

有天我约了朋友吃饭，忽然发现相约的餐馆楼上就是她以前租住的公寓楼。只是，不知道现在她是否还住在这里。

和朋友一起走出餐馆时，我突然看到一张熟悉的面孔，一时没想起来在哪儿见过，直到对方对我招手，说："嗨，你是婕熙的朋友！"我才想起对方是谁来。

是吁吁，蛮素丈夫朋友徐皑的堂妹。

"真巧啊！"我说。

"真的太巧了，我很久没来这里吃饭了。"吁吁笑着说，手上拿着一个盒饭。

"你不是在……"我指了指楼上。

吁吁立刻会意，表情有些意外："你不知道吧？婕熙早就搬走了，她准备结婚以后就不住这里了。"

"等等，她结婚了？"

吁吁笑容可掬，一脸"有个天大的消息等着告诉你"的表情。

当时，蛮素的婚礼按计划举行，酒宴一结束夫妇两人便搭飞机去度蜜月，为期半个月。双方家人也考虑随行，可是，商量来商量去，没谈拢，干脆各玩各的。

安吉是心心念念地想跟着蛮素他们一起去玩的，只可惜她的母亲对她看管得严，一时无法自己做主跟随。于是，安吉便拐过弯来问婕熙家去不去。安吉是想怂恿婕熙出面，让婕熙的母亲再出面来做自己母亲的工作。

蛮素在蜜月途中知道了这件事，跟婕熙说了句："别跟她一起啊。"

以安吉母亲一贯的泼辣作风，要是安吉在旅途中出现一点偏差的话，婕熙的下半辈子就完了。

婕熙自己是宁可独自去旅行也不会去找安吉一起作伴同行的，更别说帮她了。

后来，婕熙好笑地把这件事告诉了吁吁，吁吁又当作笑话一般讲给了徐皑听，如此一来，婕熙与徐皑莫名有了一丝共通点。

某天，吁吁聊完工作上的事，突然问婕熙："我们一起吃个晚饭吧，我堂哥一个朋友的餐厅新开张，海鲜很不错。"

婕熙像是听出了什么暗示，便与吁吁一起下了楼，一出楼门就看到了一张只在网络空间里出现过的脸。是徐皑，他正在车前对她们招手，吁吁拉着婕熙的手上车，对着表哥说道："你时间算的真准啊，我们正好下楼。"

徐皑用一双明亮的眼睛看了一眼后视镜，与婕熙打了个照面，两人谁也没说话。在饭桌上，他们才彼此留了联系方式。

二人的关系，发展得比预期要快很多，没多久两人就开始约会了。

安吉撺掇了一圈，旅行的事情还是前功尽弃，眼看着长假来临，她的同学朋友们都纷纷出游了，而她只能待在家里陪她沉迷麻将的母亲，这让她感到很沮丧。

那晚，她半夜醒来找零食吃，恰好在朋友圈看到婕熙更新的照片，是一张在酒吧的照片，她一眼就认出了徐皑的外套，虽然他的脸在镜头外。

后来，婕熙删除了照片，不过安吉当时就保存了下来，还发给了蛮素问情况。

蛮素三缄其口，她担心惹上安吉那个妈。过了段时间，又觉得这样处理不妥，好像她成了婕熙的同盟，于是，她打了个电话给安吉，说手机系统崩溃，重装系统后什么都没了，问照片上是什么。

“婕熙怎么认识徐皑的？”安吉问得很直接。

蛮素看着照片，也认出了照片上的外套是徐皑的，当初徐皑和他们夫妻吃饭时穿过。不过，面对安吉的质疑，她还是佯装惊讶地反问道：“他们认识？”

安吉虽然心智像小孩，却很精明，她察觉出蛮素的敷衍来，于是口气生硬地说：“你真不知道吗？”

蛮素不想再跟安吉纠缠什么，便回说道："不知道。"语气也是很坚定，安吉自知再问下去也很无趣，就没多说什么。

蛮素挂了电话，想打给婕熙，但转念一想，这件事她从头到尾的确没有参与过，现在打给婕熙倒像是兴师问罪，安吉的母亲若知道了的话肯定会认准是她通风报信的。与其这样，就继续当作不知情吧。

过了半个月，外公生病住院，亲戚们又因为谁去照顾的事吵个不休。

安吉母亲，像是故意要跟婕熙母亲争个黑白分明。

"阿嫂，你们去医院看望，阿爸心里更开心。"婕熙母亲在娘家还算讲道理，每次二老有谁生病住院，她都要特地去通知哥嫂一家，不然他们就装不知道。

"你现在开心了？"安吉母亲却画风突变，突然指着婕熙母亲的脸说，"你跟你女儿都开心了？"

婕熙也在场，立刻知道安吉母亲的所指，于是回说道："现在，你跟你的女儿开心得起来吗？"

在场所有人都错愕，只有蛮素知晓其间原由。

今时不同往日，婕熙看到母亲被欺负便冲口而出。安吉拉长了脸坐在沙发上，她的母亲早气得脸上一阵青一阵白。她是万万没想到，婕熙会冲出来怼她这么一句。

不知原由的蛮素的母亲说："婕熙要结婚了，这是大喜事啊，怎么不早点说？”

一屋子的人看看婕熙，又看看安吉的母亲。

这个时候，安吉的母亲知道说什么都不会有人帮她，于是，冷哼了一声，拉着丈夫、女儿走掉了。

婕熙的婚事很快定了下来，原本还不知道怎么跟家里讲，这回一下子让全家人都知道了，她本以为母亲会拼命反对。奇怪的是，母亲非但没反对，在她送他们回家要回出租屋时，母亲还忽然拉住她说：“这么晚了，不要赶过去了。”

她忐忑不安地看父亲的脸色，无果。

一进家门，她的母亲便问：“你们决定什么时候办婚事？”

“还在看时间。”她震惊地小心翼翼地回答道。她的母亲一句多余的话都没说，只说：“挑个好日子，我们去买几件漂亮的衣服去。”

很快，两家人见面，安排婚事，顺利得超乎想象。

婕熙不知道是什么让母亲能如此坦然地接受徐皑，当看到亲戚们问起她婚期，蛮素推荐蜜月旅行地时，婕熙看到舅妈和安吉绷着的木然的脸，再看到母亲热络地帮她回答，她的心里有些明白了。

“出了口气？”我问。

呼呼眨着眼睛笑着说：“差不多。酒席还没办呢，这些天一直在装修房子，伯父他们很喜欢婕熙，拿了很多钱出来付新房首付。”

我和她走到对面的路口，说：“真是缘分啊。”

吁吁抿着嘴神秘一笑，摇了摇头说：“我跟她熟悉后才知道一件事，她找到我不是偶然在网页上看到我的习作，她一开始就知道我是徐皑的堂妹。”

啊！我和她相视一笑，姻缘也可能是精心设计的，不过，那些真真假假的经过外人怎会知道呢？

“她还做绒花和挂画吗？”我问。

吁吁耸了耸肩，做了个遗憾的表情，说：“堂哥要外派两年，她要一起随同，堂哥以后多半会在国外定居，他很喜欢孩子，所以希望跟婕熙不要分开。再说，公司的员工福利完全可以满足全家的开销。”

天际的晚霞，一抹抹地好似胭脂，煞是好看。

在下班的车水马龙之中，我与吁吁道别。

有时，我会想起婕熙曾说的“叶公好龙”的故事；有时，会觉得人生一世，到底还是没什么道理可循的，顺应或坚持都是各自的活法。

不知婕熙是否会将手书洪迈《踏莎行》的那幅挂画挂在自己的新房里。挂画中那个落寞孤寂的身影，仿佛是曾经的她。

不过，她应该早已经告别了那个自己了吧。

行于这人世间，人最终是要救赎自己的，不管他人怎么想，都不枉自己过去受的苦。

图书在版编目（CIP）数据

一盏花前酒 / 山亭夜宴著. -- 北京 : 新世界出版社, 2019.11

ISBN 978-7-5104-6914-5

Ⅰ. ①一… Ⅱ. ①山… Ⅲ. ①诗词—作品集—中国—当代 Ⅳ. ①I227

中国版本图书馆CIP数据核字（2019）第230410号

一盏花前酒

作　　者：山亭夜宴
责任编辑：周　帆
责任校对：宣　慧
责任印制：王宝根　苏爱玲
出版发行：新世界出版社
社　　址：北京西城区百万庄大街24号（100037）
发 行 部：（010）6899 5968 （010）6899 8705（传真）
总 编 室：（010）6899 5424 （010）6832 6679（传真）
http://www.nwp.cn
http://www.nwp.com.cn
版 权 部：+8610 6899 6306
版权部电子信箱：nwpcd@sina.com
印　　刷：天津旭非印刷有限公司
经　　销：新华书店
开　　本：880mm×1230mm 1/32
字　　数：200千字　　印　　张：7.5
版　　次：2019年11月第1版　2019年11月第1次印刷
书　　号：ISBN 978-7-5104-6914-5
定　　价：42.00 元